Russian Folktales

Russian Folktales
A Reader for Students of Russian

Second Edition

Jason Merrill
Michigan State University

Colleen Lucey
University of Arizona

focus an imprint of
Hackett Publishing Company, Inc.
Indianapolis/Cambridge

A Focus Book

Focus an imprint of
Hackett Publishing Company

Copyright © 2016 by Hackett Publishing Company, Inc.

All rights reserved
Printed in the United States of America

19 18 17 16   1 2 3 4 5 6 7

For further information, please address
   Hackett Publishing Company, Inc.
   P.O. Box 44937
   Indianapolis, Indiana 46244-0937

www.hackettpublishing.com

Cover design by Brian Rak
Interior design adapted by Laura Clark
Composition by William Hartman

Library of Congress Cataloging-in-Publication Data
Names: Merrill, Jason, author. | Lucey, Colleen, author.
Title: Russian folktales : a reader / Jason Merrill (Michigan
   State University), Colleen Lucey (University of Arizona).
Other titles: Focus book.
Description: Second edition. | Indianapolis : Hackett Publishing Company,
   Inc., 2016. | Series: Focus book | In English and Russian.
Identifiers: LCCN 2016017346 | ISBN 9781585104895 (pbk.)
Subjects: LCSH: Russian language—Readers—Folk literature. | Russian
   language—Study and teaching—Foreign speakers. | Tales—Russia.
Classification: LCC PG2127.F66 M47 2016 | DDC 491.786/421—dc23
LC record available at https://lccn.loc.gov/2016017346

The paper used in this publication meets the minimum requirements of American National Standard for Information Sciences—Permanence of Paper for Printed Library Materials, ANSI Z39.48–1984.

Acknowledgments

The authors would like to thank William J. Comer, Jonathan Perkins, and Sergei and Svetlana Kozin for their comments on the first edition of this reader. We also extend our profound gratitude to Karen Evans-Romaine, Anna Tumarkin, and Sibelan Forrester for their suggestions and edits on the second edition.

Many thanks to Anthony Fedorko for his illustrations that accompany the tales "The Little White Duck," "The Frog Princess," "By the Pike's Command," and "Vasilisa the Beautiful." In the current edition, the images for "The Fox and the Crane" and "The Animals' Winter Hut" are produced courtesy of openclipart.org. The illustrations to "Vasilisa the Beautiful" and "Prince Ivan, the Firebird, and the Gray Wolf" are the work of early twentieth-century Russian artist Ivan Bilibin. We also thank Kelly Simpson for providing illustrations for the first edition of this textbook.

We are especially grateful to our colleagues who provided fabulous audio recordings of the tales: Maria Alley, Maria Arkhipetskaya, Sergei Kokovkin, Aleksandr Logunov, Larisa Moskvitina, Oleg Proskurin, and Elena Sadina. Special thanks to Alexander Rojavin for his assistance and patience as we prepared the recordings.

Contents

Foreword	ix
Introduction	xiii
Bibliography / Suggestions for Further Reading	xvii

Пе́ред чте́нием (Prereading Exercises) — 1

Грамма́тика: *common folktale constructions; stock phrases in folktales; partitive genitive; prefix на- and the reflexive ending -ся; folktales in Russian art, music, and dance; discussion questions*

«Лиса́ и рак» (The Fox and the Crayfish) — 8

Грамма́тика: *describing appearance; с + кем/чем; ждать + кого́*

«Лиса́ и жура́вль» (The Fox and the Crane) — 12

Грамма́тика: *commands; ходи́ть в го́сти; negation; угоща́ть + кого́ + чем; кому́ + не́где, не́чего, не́чем*

Культу́ра: *крёстный оте́ц; крёстная мать; погово́рки; ру́сская ку́хня*

«Зимо́вье звере́й» (The Animals' Winter Hut) — 21

Грамма́тика: *к + кому́; боя́ться + кого́/чего́; кому́ + на́до; что́бы + past tense; е́сли бы*

Культу́ра: *изба́; живо́тные в ру́сской культу́ре*

«Бе́лая у́точка» (The Little White Duck) — 34

Грамма́тика: *diminutives; indirect speech; угова́ривать/уговори́ть; стать + кем; negative imperatives*

Культу́ра: *те́рем*

«Царе́вна-лягу́шка» (The Frog Princess) — 48

Грамма́тика: *describing appearance and personality; weddings and marriage; indirect speech; verbs of position; comparatives*

Культу́ра: *society in Prerevolutionary Russia; изба́; Ба́ба-яга́; Коще́й Бессме́ртный*

«По щу́чьему веле́нью» (By the Pike's Command) — 68

Грамма́тика: *the preposition по; дава́й + imperfective infinitive; кому́ + неохо́та; indirect speech; кому́ + годи́ться + что; что́бы + past tense; скуча́ть + по + кому́; verbs of motion; нести́ + что + куда́*

Культу́ра: *ру́сская печь; уха́*

«Васили́са Прекра́сная» (Vasilisa the Beautiful) — 89

Грамма́тика: *the preposition за; prefix за; indirect speech; помога́ть + кому́; сове́товать + кому́; просыпа́ться; па́хнуть + чем; кому́ + ску́чно; gerunds*

Культу́ра: *Ива́н Били́бин*

«Ска́зка об Ива́не-царе́виче, жа́р-пти́це и о се́ром во́лке» (Prince Ivan, the Firebird, and the Gray Wolf) — 109

Грамма́тика: *short-form adjectives; indirect speech; сади́ться + куда́; посыла́ть + кого́ + за + чем*

Культу́ра: *о́браз жа́р-пти́цы в иску́сстве; И́горь Страви́нский*

Further Topics for Class Discussion — 133

Glossary — 135

Foreword

Russian Folktales: A Reader for Students of Russian is intended for students who have studied Russian for at least one academic year (120–150 contact hours) and would like to read Russian folktales (**ска́зки**) in the original Russian.[1] It can be used as a supplement to intermediate- and advanced-level language or culture courses or by those who wish to study folktales independently. The readings can be taught on their own, or they can be used in conjunction with other materials, including grammar textbooks, Russian films and cartoons, and nonliterary readings. Students who complete the readings included in this textbook will have a better understanding of Russia's rich tradition of folklore.

Textbook Features

The folktales are arranged from shortest to longest but need not be read in order. The exercises, notes, and glossary do not assume knowledge of a previous folktale, although the editors recommend starting with the prereading exercises (**пе́ред чте́нием**) regardless of which folktales are read. Students and instructors should note that the glossary included at the end of the textbook contains all necessary words from the tales and exercises.

Each tale is organized in a similar manner. Before each are prereading exercises (**упражне́ния**) and discussion questions (**вопро́сы для обсужде́ния**) that introduce students to topics that play an important role in the folktale, expose them to key vocabulary words, and help them anticipate elements of the story's plot. The vocabulary exercises aim to help students become more comfortable with high-frequency words and to use contextual clues to determine the meaning of lower-frequency items. Occasional cultural notes (**культу́ра**) before the tales help students better understand the folktales and their use in other cultural contexts, including music, theater, and art. These exercises can be assigned for completion outside of class or done during class time.

The folktales increase in length as the book progresses. The longer folktales are divided into approximately one-page sections, with comprehension and discussion questions (**вопро́сы к те́ксту**) after each section. Dividing the folktales in this way allows students to check their understanding as they read and means each section can be a self-contained assignment. Longer tales can be assigned over several class periods.

The folktales are followed by a range of activities from which instructors can choose. Comprehension checks include true or false questions (**ве́рно и́ли неве́рно?**), identifying the speaker of a quotation (**кто говори́т сле́дующие фра́зы?**), and putting pieces of the plot in order (**поря́док собы́тий**). Discussion questions (**вопро́сы для**

---

1. We translate the Russian word **ска́зка** as "folktale," except in the few cases where we are referring specifically to what Vladimir Propp calls a "magical tale" (**волше́бная ска́зка**). The latter term is rendered by Laurence Scott as "fairy tale" in Propp's *Morphology of the Folktale* and translated by Richard P. Martin and Ariadna Martin as "wondertale" in Propp's *Theory and History of Folklore*. In these cases, we will translate ска́зка as "fairy tale" despite the fact that there are no fairies in Russian folktales. Students interested in questions of terminology should read Louis Wagner's preface to Propp's *Morphology of the Folktale*, ix–x.

обсужде́ния) after the folktales ask students to explain details of the plot, express and defend an opinion, think about parallels in other popular stories, or hypothesize about alternative possible endings for the story. Each folktale is followed by interactive classroom activities (**разыгра́йте**) that ask students to work outside the text while still using its important grammar and vocabulary.

Postreading grammar exercises (**упражне́ния**) continue to reinforce topics that are important for understanding the story and that will be useful in speaking and writing about the folktale. Students and instructors are given a list of suggested topics for writing assignments (**письмо́**), which also go beyond the folktale while reinforcing its key constructions. Finally, supplemental material (**дополни́тельный материа́л**) is included at the end of most tales for additional activities that could be conducted in class or at home. The postreading exercises are organized with the intent of having students move from comprehension toward the production of sentence- and, ultimately, paragraph-length discourse.

How to Use This Textbook

This textbook familiarizes readers with many of Russia's most famous folktales. Some comprehension strategies that will help learners as they read include completing prereading exercises, practicing active reading by answering comprehension questions, using the glossary at the back of the reader to look up new vocabulary, identifying key phrases and terms, recognizing roots to decipher meaning, and looking back through the tale to gather information as they complete accompanying exercises. Students may also find it useful to summarize the sections of each tale in their own words, making a chain of events as they read. Graphic and semantic organizers like storyboards, story maps, or cause-and-effect charts can also aid readers as they process information.

Each tale contains notes that translate and explain difficult phrases too large for the glossary. The glossary at the end of the book contains the vast majority of words from the folktales and accompanying exercises. In all questions of word meaning and stress, we have relied on Ozhegov's *Dictionary of the Russian Language* (Слова́рь ру́сского языка́) and Dal"s *Interpretive Dictionary of the Living Great Russian Language* (Толко́вый слова́рь живо́го великору́сского языка́). In cases where there is no stress marked on a word and that word begins with a capitalized vowel, the stress falls on that first syllable.

The beginning of the reader contains an introduction (in English) and a series of prereading exercises (in Russian). Both are designed to provide cultural and linguistic background that will be helpful no matter which folktales are read or in what order.

Students will quickly discover that folktales are replete with examples of colloquial and obsolete forms, which we have tried to indicate in the glossary. We hope that reading folktales will not involve more trips to the glossary than reading other texts, because many of these words are formed from familiar roots; for example, students might never have seen the verb взду́мать, but they should be able to guess at its meaning. Moreover, there is quite a bit of repetition within the plots of folktales.

The folktales in this book are authentic texts. In a few extreme cases, where an obsolete word appears only once in the text, the editors have replaced this term with a more contemporary variant (for example, вата́житься was replaced with обща́ться, вельми́ with о́чень). Otherwise, the folktales have not been altered in any way, and students can be assured that they are working with authentic texts.

Different Learning Styles

The textbook activities have a learner-centered approach, asking students to engage with the new material and apply what they learn in meaningful contexts. Because students have different learning styles, the textbook offers support for visual, aural, verbal, physical (kinesthetic), logical, social, and solitary learning styles. Students preferring to use pictures, images, or music to assist in learning will find the illustrations, references to paintings, and cultural notes particularly helpful. In addition, online audio files for each tale, accessible at http://www.hackettpublishing.com/russian-folktales-title-support-page/, can be used to develop listening comprehension, phonetics, and intonation by allowing students to hear a native speaker's phonetics and intonation. Activities that require students to perform dialogues and act out parts of tales will appeal to kinesthetic, verbal, and social learning styles. For students who favor intrapersonal assignments, the textbook provides opportunities for individual analysis, self-reflection, and independent activity. All students will have the opportunity to participate in partner and group discussions and create personal meaning out of what they learn.

Achieving ACTFL Standards for Foreign Language Learning

Students who use *Russian Folktales* will engage with the World-Readiness Standards for Learning Languages outlined by the American Council on the Teaching of Foreign Languages (ACTFL). Their "five Cs" provide instructors and learners with insightful guidelines for the development of effective materials for language study.

> *Communication:* This textbook utilizes a variety of exercises that challenge students to discuss, reflect upon, and interpret folktales. Through the accompanying activities, learners will have a chance to expand their oral and written skills and thus be better prepared to communicate with Russian speakers beyond the classroom. The exercises meet the needs of a variety of audiences; learners and instructors will find the tales a rich source for discussion, debate, and reflection. In addition, the textbook exercises are designed to foster communication between learners and encourage discussion both in the classroom and beyond.
>
> *Cultures:* Folktales occupy a special place in Russian culture. Many Russian children grow up listening to and reading about the adventures of Prince Ivan, Vasilisa the Beautiful, Baba-Yaga, Koshchei the Immortal, and many others. By reading these popular tales, students will gain a knowledge and understanding of Russian culture that will better prepare them for communication with Russian speakers because these tales are referred to frequently, even today.
>
> *Connections:* Reading the folktales helps learners reinforce and further their knowledge of various disciplines. Learners are encouraged to make connections between Russian folktales and tales from other cultures. In this way, learners engage in critical analysis of general

trends in folk cultures while reflecting on how tales connect to their experiences. The reading materials allow students to gain an understanding of other areas of knowledge as well, including literary analysis and history. Finally, learners will be able to connect the tales to their various manifestations in Russian culture.

Comparisons: Many exercises included in the reader encourage students to compare Russian folktales with tales from their own culture. Students are prompted to think critically about how languages and cultures are similar to, and different from, one another. By encouraging students to compare the tales with other genres, the textbook also develops analytical skills among learners.

Communities: Students use the materials in this reader to develop proficiency skills in all language modalities, thus preparing them for communication with Russian speakers. Through the discussion questions and role-play situations, students are given the opportunity to create with the language and enjoy the satisfaction of communicating with others in Russian.

Goals and Outcomes

Students who complete this book will improve their listening, speaking, reading, and writing skills.

As noted above, online audio files accessible at http://www.hackettpublishing.com/russian-folktales-title-support-page/ can be used to develop listening comprehension, phonetics, and intonation. Using the tales as a gateway to foster discussion will also aid in increasing students' oral proficiency. After reading the tales, learners will acquire necessary learning strategies to help them become independent and confident in their comprehension of texts. Students completing this textbook will improve their writing abilities, moving from sentence- to paragraph-length discourse and beyond. Most important, students will have a thorough knowledge of Russian folktales that they can apply in a variety of settings, both in their communities and abroad.

INTRODUCTION

There are many reasons for the human fascination with folktales. On one level, folktales appeal to us as colorful, interesting stories that transport the reader (and listener) to exotic lands that stimulate the imagination. On a second level, they comfort audiences by taking adult readers back to their childhood, the age when they first heard folktales, and by assuring the younger members of the audience that in the end things will work out for the better. On yet another level, twentieth-century interpreters of the folktale such as Freud and Jung assert that tales, as collective works that have survived for many centuries, reveal truths about the human mind and how it functions. Other researchers have found remnants of ancient rituals in folktales. In the tale "The Animals' Winter Hut" ("Зимóвье зверéй"), for example, the pig threatens to knock down the bull's house by digging under the walls, an episode that has been interpreted as reflecting the ancient custom of sacrificing an animal and laying it under the cornerstone of a new building (Haney 1999, 1:54). Other tales in this reader with clear connections to ritual, in this case female and male initiation rites, are "Vasilisa the Beautiful" and "Prince Ivan, the Firebird, and the Gray Wolf." In the former, young Vasilisa is separated from her parents and forced to undergo a series of tests, culminating in her successful return from Baba-Yaga's hut. In the latter, Prince Ivan leaves home to undergo a similar series of tests and experiences symbolic death and rebirth (his trip to the thrice-tenth kingdom and his murder and subsequent healing with the waters of death and life) before returning home a mature adult.

In *An Introduction to the Russian Folktale*, Jack Haney identifies four basic types of Russian folktales: animal tales, wondertales, legends, and tales and anecdotes of everyday life. The tales in this collection belong to the first two types. Animal tales, the most ancient of the four, were used by Russian peasants to teach social behavior and to show how one should behave in order to survive and exist successfully in a community (Haney 1999, 1:91). These tales are similar to fables; in them, animals act much as humans do, sometimes peacefully coexisting and even marrying, but often arguing and trying to outwit and cheat each other. The wondertale is the setting for the adventures of the best-known Russian folktale characters. This type of tale, set in a land clearly not ours, chronicles the departure, testing, return, and ultimate transformation of the main hero, who, regardless of how inauspicious his or her start, becomes tsar or marries one.

Folktales have always occupied a special place in Russia, where almost all children grow up listening to and reading about the adventures of Prince Ivan, Vasilisa the Beautiful, Baba-Yaga, Koshchei the Immortal, and many others. As was the case elsewhere in the world, folktales in Russia were first transmitted orally, often by a professional folktale teller (сказӥтель) or minstrel (скоморóх). This meant that each folktale was a unique creation (it could never be told exactly the same way twice) that depended heavily on intonation, facial expressions, and gesture as part of the performance. Russia's peasants did not view folktales as simple entertainment to be listened to after a hard day's work; they considered the tales and their tellers to possess magical powers (many thought they attracted evil spirits), and tales were usually not told during religious holidays and were often reserved for special events such as weddings (Haney 1999, 1:38). Folktales were not, as may seem, the exclusive property of Russia's enormous peasant class; they were enjoyed by all levels of society, and even Tsar Ivan the Terrible often fell asleep listening to them. For centuries what written literature there was in Russia was mostly religious, as literate Russians read mainly saints' lives and biblical texts. The eighteenth century witnessed an increased interest in secular literature in Russia, not only in European genres, but also in the native folktale. According to one estimate, one-third of all books published in Russia in that century were collections of folktales (Nechaev 1978, 169).

By the beginning of the nineteenth century, Romanticism was flourishing in European literature and art. Romantic thinkers saw folklore as an important form of national expression and explored and imitated folktales in their works. In Russia, writers such as Aleksandr Pushkin (1799–1837), Nikolai Gogol' (1809–1852), and Vladimir Dal' (1801–1872) made great use of folklore in many of their stories and poems. Pushkin, the father of modern Russian literature, said of folktales, "How fascinating are these stories! Each one is a poem" (Afanas'ev 1980, 636). Russian writers, however, lacked a definitive collection of their native folktales from which to work. As early as 1813, the year the Grimm brothers published the first volume of their famous collection of German folktales (1813–1822), the poet Vasilii Zhukovskii (1783–1852) called attention to this problem when he implored his nieces to gather folktales from the local storytellers. Of the tales, he said, "This is our national poetry, which is disappearing among us because no one is paying any attention to it" (Haney 1999, 1:26). His niece, Anna, actually gathered two volumes of folktales, but these were never published, and Russian writers would have to wait another generation for the definitive edition of Russian folktales.

The study of Russian folktales is inextricably linked with the name of Aleksandr Nikolaevich Afanas'ev (1826–1871). Afanas'ev was born in the small town of Boguchar in the Voronezh district and went on to study law at Moscow State University. After graduating in 1849, he served in the archives of the Ministry of Foreign Affairs but had free time for other pursuits such as contributing articles and reviews to Russia's leading literary journals and, of course, studying folktales. By the early 1850s, Afanas'ev had started gathering tales for his collection of Russian folktales. He collected very few of them directly from Russian peasants; most he took from other published collections, the archives of the Russian Geographical Society, and notes from fieldwork conducted by others. The first volume of his *Russian Folktales* (Наро́дные ру́сские ска́зки) came out in 1855, followed by seven more volumes, the last of which appeared in 1864. Before his early death, Afanas'ev managed to publish several other significant works on Russian folklore, including *Russian Folk Legends* (Наро́дные ру́сские леге́нды, 1859) and *The Slavs' Poetic Views of Nature* (Поэти́ческие воззре́ния славя́н на приро́ду, 1865–1869), none of which has enjoyed the popularity of his main opus. After Afanas'ev's death, work on collecting folktales in Russia was continued by scholars such as Ivan Khudiakov, Dmitrii Sadovnikov, Dmitrii Zelenin, and Boris and Iurii Sokolov.

It would be very difficult to fully appreciate the music, art, and literature of the years leading up to the Russian revolutions of 1917 without knowledge of Russian folklore. Well-known musical works such as *Pictures at an Exhibition* by Modest Mussorgsky (1839–1881), *The Firebird* by Igor' Stravinsky (1882–1971), and the opera *Koshchei the Immortal* by Nikolai Rimskii-Korsakov (1844–1908) draw characters such as Baba-Yaga, the Firebird, and Koshchei the Immortal directly from Russian folktales, and many of the other operas of Rimskii-Korsakov and orchestral works of Anatolii Liadov (1855–1914) borrow just as heavily from them. The painter Viktor Vasnetsov (1848–1926) used many folktale characters and themes in his works (see *Warrior at the Crossroads*, «Витязь на распутье»), and Ivan Bilibin (1876–1942) is best known for his illustrations of Russian folktales. In literature folktales captured the imagination of a greater number of writers than they had during the Romantic era. Authors as diverse as the playwright Aleksandr Ostrovsky (1823–1886) and the poet Velimir Khlebnikov (1885–1922) drew on the same folkloric sources for inspiration and in an effort to better portray and understand the Russian people.

Folktales did not vanish after the revolutions of 1917, but many of them, such as the tale of the tsar's son being carried away in an airplane, reflected the vastly different era in which they were being told (Nechaev 1978, 167). Tales such as "How Lenin and the Tsar Divided Up the People," a remake of a prerevolutionary folktale featuring Ivan the Terrible, appeared of themselves, and the Soviet government, which realized the propagandistic potential of the folktale and put it to use for the new regime, encouraged the production of others, such as "Il'ich Will Soon Wake Up" (Geldern 1995, 123–28).

During the early years of Soviet rule, Russian scholars published several interesting studies of folktales, the best known of which is Vladimir Propp's *Morphology of the Folktale* (Морфология сказки, 1928). By the end of the 1920s, Stalin was firmly in control of the Soviet Union, and the intellectual climate had chilled considerably, so, not surprisingly, the appearance of Propp's book was met with silence. Propp's thesis is that "all fairy tales are of one type in regard to their structure" (1994, 23). Instead of trying to categorize the folktale by theme, as many of his predecessors had done, Propp examines the functions of the characters of the wondertale and concludes that all such tales have the same predictable sequence of character functions and the same basic plot. The book lay forgotten until an English translation appeared in 1958, and while Propp's sweeping conclusions predictably have provoked a negative response from many, *Morphology of the Folktale* remains one of the best-known pieces of Russian scholarship on the folktale.

Throughout the Soviet era, interest in folktales remained high; Afanas'ev's folktales were republished in several full editions and countless selected collections. Much research was done on the folktale, most within the bounds of official Soviet policy, which eschewed psychological interpretations, preferring to view folktales only as the product of the common people and a reflection of their lives. Since the breakup of the Soviet Union, interest in this topic has increased dramatically, as evidenced by the brisk sales of many reprint editions of prerevolutionary works and of many new books on Russian folklore.

Bibliography / Suggestions for Further Reading

Aarne, Antti, and Stith Thompson. 1961. *The Types of the Folktale: A Classification and Bibliography.* Rev. ed. Helsinki: Academia Scientiarum Fennica.

Afanas'ev, Aleksandr. 1980. *Russian Fairy Tales.* Translated by Norbert Guterman. New York: Pantheon Books.

———. 1984. *Narodnye russkie skazki.* Moscow: Nauka.

———. 1990. *Narodnye russkie legendy.* Novosibirsk: Nauka.

———. 1994. *Poeticheskie vozzreniia slavian na prirodu.* Moscow: Indrik.

Bailey, James, and Tatyana Ivanovna, eds. 1998. *An Anthology of Russian Folk Epics.* New York: M. E. Sharpe.

Chandler, Robert, ed. 2013. *Russian Magic Tales from Pushkin to Platonov.* New York: Penguin.

Dal', Vladimir. 2002. *Tolkovyi slovar' zhivogo velikorusskogo iazyka.* Moscow: Olmapress.

Forrester, Sibelan. 2013. *Baba Yaga: The Wild Witch of the East in Russian Fairy Tales.* Jackson: University Press of Mississippi.

Geldern, James von, and Richard Stites, eds. 1995. *Mass Culture in Soviet Russia.* Indianapolis: Indiana University Press.

Gerhart, Genevra, and Eloise M. Boyle. 2012. *The Russian's World: Life and Language.* Bloomington, Ind.: Slavica.

Gilet, Peter. 1998. *Vladimir Propp and the Universal Folktale: Recommissioning an Old Paradigm—Story as Initiation.* New York: Peter Lang.

Haney, Jack V. 1999. *An Introduction to the Russian Folktale.* 7 vols. New York: M. E. Sharpe.

———, ed. 2003. *The Complete Russian Folktale.* New York: Routledge.

Ivanits, Linda J. 1992. *Russian Folk Belief.* New York: M. E. Sharpe.

Johns, Andreas. 2004. *Baba Yaga: The Ambiguous Mother and Witch of the Russian Folktale.* New York: Peter Lang.

MacDonald, Margaret Read. 1982. *The Storyteller's Sourcebook: A Subject, Title, and Motif Index to Folklore Collections for Children.* Detroit: Neal-Schuman.

Nechaev, Aleksandr. 1978. "Aleksandr Nikolaevich Afanas'ev." In *Narodnye russkie skazki: Kniga pervaia*, 167–73. Moscow: Sovetskaia Rossiia.

Ozhegov, Sergei. 1988. *Slovar' russkogo iazyka.* 20th ed. Moscow: Russkii Iazik.

Propp, Vladimir. 1984. *Theory and History of Folklore.* Edited by Anatoly Liberman. Translated by Ariadna Martin and Richard Martin. Minneapolis: University of Minnesota Press.

———. 1994. *Morphology of the Folktale.* Translated by Laurence Scott. Austin: University of Texas Press.

———. 2012. *The Russian Folktale.* Translated by Sibelan Forrester. Detroit: Wayne State University Press.

Reeder, Roberta, ed. 1992. *Russian Folk Lyrics*. Bloomington: Indiana University Press.

Sokolov, Iurii. 1971. *Russian Folklore*. Translated by Catherine Ruth Smith. Detroit: Folklore Associates.

Sperling, Valerie. 2015. *Sex, Politics, and Putin: Political Legitimacy in Russia*. Oxford: Oxford University Press.

Stulhofer, Aleksandr and Theo Sandfort, eds. 2008. *Sexuality and Gender in Postcommunist Eastern Europe and Russia*. New York: Routledge.

Thompson, Stith. 1955–1958. *The Motif-Index of Folk-Literature*. Rev. ed. 6 vols. Bloomington: Indiana University Press.

Additional Resources

American Council on the Teaching of Foreign Languages (ACTFL). 2016. "World-Readiness Standards for Learning Languages." Accessed May 17. http://www.actfl.org/publications/all/world-readiness-standards-learning-languages.

Slavic, East European, and Eurasian Folklore Association (SEEFA). 2016. Accessed April 22. http://www.seefa.org.

Пе́ред чте́нием
(Prereading Exercises)

I. As in many languages, Russian folktales have specific words and constructions not usually encountered in contemporary or colloquial speech. The following section will introduce you to some of their main lexical and grammatical features.

Упражне́ния

1. *In Russian fiction, poetry, and folktales, one often encounters feminine adjective and noun instrumental case endings in* -ою/-ею *instead of the expected* -ой/-ей. *Find the use of the instrumental case with the ending* -ою/-ею *and render the phrase in contemporary Russian.*

    а. Васили́са поста́вила стару́хины объе́дки пе́ред ку́клою.

    б. Винова́т я пе́ред тобо́ю, сказа́л во́лку Ива́н-царе́вич.

    в. Царе́вич взял жар-пти́цу, пошёл за́ город, сел на коня́ златогри́вого вме́сте с прекра́сною короле́вной Еле́ною и пое́хал в своё оте́чество.

    г. Что же ты ничего́ не говори́шь со мно́ю?

    д. Где бы де́вочке сла́дить со все́ю рабо́тою!

2. *One device common in folktales is to repeat words with essentially the same meaning. Find the repeated words in the following phrases and underline them. Give an English equivalent to the words you have underlined.*

    а. Вот живу́т они́ себе́ да пожива́ют в избу́шке.

    б. Печь поверну́лась и пошла́ домо́й, вошла́ в и́збу и ста́ла на пре́жнее ме́сто. Еме́ля опя́ть лежи́т-полёживает.

в. Се́рый же волк живёт у царя́ Афро́на день, друго́й и тре́тий вме́сто прекра́сной короле́вны Еле́ны, а на четвёртый день пришёл к царю́ Афро́ну проси́ться в чи́стом по́ле погуля́ть, чтоб разби́ть тоску́-печа́ль лю́тую.

г. Ива́н же царе́вич е́хал путём-доро́гою с Еле́ною Прекра́сною, разгова́ривал с не́ю и забы́л про се́рого во́лка; да пото́м вспо́мнил.

д. Как же, бра́тцы-това́рищи? Вре́мя прихо́дит холо́дное: где тепла́ иска́ть?

3. *Rhyming words are often encountered within sentences ("internal rhyme") in folktales. Read the following sentences aloud and underline the rhyming words.*

   а. Де́ти не слу́шали; ны́нче поигра́ют на тра́вке, за́втра побе́гают по мура́вке, да́льше-да́льше, и забрали́сь на кня́жий двор.

   б. И ста́ла у кня́зя це́лая семья́, и ста́ли все жить-пожива́ть, добро́ нажива́ть, ху́до забыва́ть.

   в. Така́я краса́вица — ни взду́мать, ни взгада́ть, то́лько в ска́зке сказа́ть.

   г. На, ку́колка, поку́шай, моего́ го́ря послу́шай!

   д. Ку́колка поку́шает, да пото́м даёт ей сове́ты и утеша́ет в го́ре, а нау́тро вся́кую рабо́ту справля́ет за Васили́су; та то́лько отдыха́ет в холодо́чке да рвёт цвето́чки. . .

   е. Ве́рные мой слу́ги, серде́чные дру́ги, вы́жмите из ма́ку ма́сло!

4. *Why do you think rhymes are so common in folktales? Working with a partner, give reasons in Russian why you think rhymes appear often in folktales.*

5. *In folktales* да *can be used as a substitute for* и *(in the sense of "and"). Read the following sentence and explain the meaning of* да *in this context.*

   Она́ их вы́растила, ста́ли они́ по ре́чке ходи́ть, зла́ту ры́бу лови́ть, лоску́тики собира́ть, кафта́ники сшива́ть, да выска́кивать на бережо́к, да погля́дывать на лужо́к.

6. *Many folktales contain stock phrases. Examine the phrases below and write out their meaning in English. In what contexts do you think they will appear?*

   а. уста́ са́харные _____

   б. кра́сная деви́ца _____

   в. до́брый мо́лодец _____

   г. чи́стое по́ле _____

   д. жил-был _____

   е. пир на весь мир _____

   ё. дрему́чий лес _____

   ж. мёртвая/жива́я вода́ _____

   з. пала́ты белока́менные _____

и. прошло́ мно́го ли, ма́ло ли вре́мени _____

_____

й. шёл он бли́зко ли, далеко́ ли, до́лго ли, ко́ротко ли _____

_____

II. Russian folktales contain grammatical structures that also are found in colloquial speech. The following exercises give examples of common lexical and grammatical features that you will encounter while reading the tales.

Упражне́ния

1. *The genitive case is often used with nouns in a partitive sense to express "some" or "some of." Some masculine nouns have a special genitive ending in -у/-ю when used partitively. In the following phrases, underline the partitive genitive forms and explain their meaning.*

    а. Идёт жура́вль на зва́ный пир, а лиса́ навари́ла ма́нной ка́ши и разма́зала по таре́лке.

    б. На́больший вельмо́жа дал Еме́ле изю́му, черносли́ву и пря́ников.

    в. Накупи́л на́больший вельмо́жа вин сла́дких да ра́зных заку́сок, пое́хал в ту дере́вню, вошёл в ту и́збу и на́чал Еме́лю по́тчевать.

    г. Стару́шка купи́ла льну хоро́шего.

    д. Васили́са зажгла́ лучи́ну от тех черепо́в, что на забо́ре, и начала́ таска́ть из пе́чки да подава́ть Ба́бе-яге́ ку́шанье, а ку́шанья настря́пано бы́ло челове́к на де́сять; из по́греба принесла́ она́ ква́су, мёду, пи́ва и вина́.

    е. Я твоего́ де́тища не тро́ну и отпущу́ здра́ва и невреди́ма, когда́ ты мне сослу́жишь слу́жбу: слета́ешь за три́девять земе́ль, в тридеся́тое госуда́рство, и принесёшь мне мёртвой и живо́й воды́.

2. *The prefix* **на-** *and the reflexive ending* **-ся**, *when attached to a verb stem, create a verb with the meaning of "to do something to the limit of one's desires," "to do enough of." When used negatively these verbs have the meaning of "not enough," "cannot do an action enough." Read the following passages and explain the meaning of these verbs.*

    а. Взяла́ лису́ доса́да, ду́мала, что наестся на це́лую неде́лю. . .

    б. Оди́н князь жени́лся на прекра́сной княжне́ и не успе́л ещё на неё нагляде́ться, не успе́л с не́ю наговори́ться, не успе́л её наслу́шаться, а уж на́до бы́ло им расстава́ться, на́до бы́ло ему́ е́хать в да́льний путь, покида́ть жену́ на чужи́х рука́х.

    в. Еме́ля напи́лся, нае́лся, захмеле́л и лёг спать.

    г. Царь ест, пьёт, и не надиви́тся. . .

III.   **Каки́е ска́зки вы зна́ете?** Examine the chart below and complete the following exercises.

1. Match the following tales with their titles in Russian.

"Snow White"	«Кра́сная ша́почка»
"Rumpelstiltskin"	«Три медве́дя»
"Beauty and the Beast"	«Зо́лушка»
"Prince Ivan and the Gray Wolf"	«Ге́нзель и Гре́тель»
"Rapunzel"	«Белосне́жка»
"Hansel and Gretel"	«Краса́вица и чудо́вище»
"Little Red Riding Hood"	«Румпельшти́льцхен»
"Sleeping Beauty"	«Спя́щая краса́вица»
"Cinderella"	«Рапу́нцель»
"The Three Bears"	«Ива́н-царе́вич и се́рый волк»

2. Discuss in Russian which tales you have read.

3. Decide which tale is your favorite and which is your least favorite. Explain your choices in Russian.

IV. Ру́сские ска́зки в культу́ре

1. Russian tales have served as inspiration for artists and writers for centuries. Working in groups, research one of the following artists and his or her depictions of Russian folktales and folk culture. Present your findings to the class in Russian and make sure to include answers to the following questions:

    а. Когда́ худо́жник роди́лся и у́мер?
    б. Где он/а́ жил/а́? Где он/а́ учи́лся/учи́лась?
    в. Каки́е у него́/у неё са́мые изве́стные карти́ны? Как они́ называ́ются?
    г. Где мо́жно уви́деть его́/её карти́ны?
    д. Каку́ю роль игра́ют ру́сские ска́зки в его́/её рабо́те?

    Ива́н Яковлевич Били́бин (Ivan Bilibin)
    Ната́лья Серге́евна Гончаро́ва (Natal'ia Goncharova)
    Илья́ Ефи́мович Ре́пин (Il'ia Repin)
    Никола́й Константи́нович Ре́рих (Nicholas Roerich)
    Ви́ктор Миха́йлович Васнецо́в (Viktor Vasnetsov)

2. Russian folktales and folklore have been adapted for many ballets and operas. Research one of the titles below and give a report in Russian to your class in which you include answers to the following questions:

    а. В како́м году́ поста́вили о́перу и́ли бале́т в пе́рвый раз?
    б. Где была́ пе́рвая постано́вка?
    в. Кто её поста́вил?
    г. О чём о́пера и́ли бале́т?
    д. Каку́ю роль игра́ют ру́сские ска́зки в постано́вке?
    е. Опиши́те костю́мы и декора́ции пе́рвой постано́вки.
    ё. Что зри́тели ду́мали о пе́рвой постано́вке?
    ж. Поста́вили ли о́перу и́ли бале́т в после́дние го́ды? Если да, то где?
    з. Вы бы хоте́ли посмотре́ть о́перу и́ли бале́т? Почему́, и́ли почему́ нет?

    Жар-пти́ца (*The Firebird*)
    Конёк-Горбуно́к (*The Humpbacked Horse*)
    Золото́й петушо́к (*The Golden Cockerel*)
    Весна́ свяще́нная (*The Rite of Spring*)
    Лебеди́ное о́зеро (*Swan Lake*)
    Васили́са Прекра́сная (*Vasilisa the Beautiful*)

V. Вопро́сы для обсужде́ния

1. Каки́е персона́жи обы́чно де́йствуют в ска́зках?

2. Каки́е живо́тные обы́чно де́йствуют в ска́зках?

3. Чита́ли ли вы ска́зки в де́тстве? Каки́е? Есть ли у вас люби́мая ска́зка? Напиши́те её назва́ние на том языке́, на кото́ром вы её чита́ли и пото́м найди́те и напиши́те её ру́сское назва́ние.

4. Что вы бо́льше лю́бите чита́ть: ска́зки и́ли худо́жественную литерату́ру? Почему́?

5. Зна́ете ли вы каки́е-нибудь ру́сские ска́зки? Каки́е?

6. Почему́ роди́тели ча́сто чита́ют ска́зки де́тям?

7. Чем отлича́ются ска́зки от худо́жественной литерату́ры? Что ме́жду ни́ми о́бщего?

8. Первонача́льно ска́зки передава́лись у́стно. Как вы ду́маете, почему́ передава́лись ска́зки у́стно?

9. Ска́зка — о́чень ста́рый жанр. Почему́ мы до сих пор чита́ем ска́зки?

10. Какова́ роль мора́ли в ска́зках?

11. Как вы ду́маете, пока́зывают ли ска́зки настоя́щую жизнь? Почему́, и́ли почему́ нет?

12. Как вы ду́маете, лу́чше смотре́ть экраниза́ции ска́зок и́ли чита́ть ска́зки? Почему́?

13. Говоря́т, что в ска́зках же́нские персона́жи (Зо́лушка, Кра́сная ша́почка, Спя́щая краса́вица) не име́ют си́льного хара́ктера. Вы согла́сны с э́тим? Почему́, и́ли почему́ нет?

14. Говоря́т, что в ска́зках то́лько мужски́е персона́жи мо́гут быть геро́ями. Вы согла́сны с э́тим? Почему́, и́ли почему́ нет?

Лиса́ и рак
The Fox and the Crayfish

Пе́ред чте́нием

Упражне́ния

А. **Отве́тьте на вопро́сы**

1. *The fox* (**лиса́**) *is a common character in Russian animal tales. Which of the following adjectives can describe a fox? Circle the adjectives you think describe a fox and be ready to explain your answers in Russian.*

сме́лая	до́брая	кра́сная
опа́сная	гру́стная	глу́пая
весёлая	больша́я	ще́драя

2. *Which of the following adjectives can describe a crayfish* (**рак**)? *Circle the adjectives you think describe a crayfish and be ready to explain your answers in Russian.*

сме́лый	до́брый	кра́сный
опа́сный	гру́стный	глу́пый
весёлый	большо́й	ще́дрый

3. *Which of the following body parts belong to a fox* (**лиса́**)? *Which belong to a crayfish* (**рак**)? *Which belong to both? Write «л» next to those that belong to* **лиса́** *and «р» next to those that belong to* **рак**. *Write both letters if the body part could belong to either animal.*

хвост	скорлупа́	но́ги
ла́па	ко́гти	глаза́
у́ши	шерсть	зу́бы

Б.   Вопро́сы для обсужде́ния

1. Вы лю́бите бе́гать? Почему́, и́ли почему́ нет?

2. Каки́е живо́тные бе́гают бы́стро?

3. Каки́е живо́тные бе́гают ме́дленно?

4. Как вы ду́маете, кто бе́гает быстре́е: лиса́ и́ли рак?

5. В э́той ска́зке лиса́ и рак бегу́т наперегонки́.[1] Как вы ду́маете, кто вы́играет? Почему́?

Чте́ние

Лиса́ и рак
The Fox and the Crayfish

Лиса́ и рак стоя́т вме́сте и говоря́т ме́жду собо́й. Лиса́ говори́т ра́ку:
— Дава́й с тобо́й перегоня́ться.[2]
Рак:
— Что ж, лиса́, дава́й!
На́чали перегоня́ться. Лишь лиса́ побежа́ла, рак уцепи́лся лисе́ за хвост. Лиса́ до ме́ста добежа́ла, а рак не отцепля́ется. Лиса́ оберну́лась посмотре́ть, вертну́ла хвосто́м, рак отцепи́лся и говори́т:
— А я давно́ уж жду тебя́ тут.

Вопро́сы к те́ксту

1. Кто вы́играл? Почему́?

2. Ду́мала ли лиса́, что она́ вы́играет?

3. За что уцепи́лся рак? Почему́?

4. Ду́мали ли вы, что так зако́нчится ска́зка?

---

1. *бежа́ть наперегонки́*—to race
2. *перегоня́ться*—to race; the standard Russian phrase for "to race" is *бежа́ть наперегонки́*.

После чтения

Упражнения

I.   Вопросы о персонажах

1. *Look at your list of adjectives describing a fox from the prereading exercise. How many of them describe the fox in this tale? Are there any new ones you need to add to your list?*

2. *Look at your list of adjectives describing a crayfish from the prereading exercise. How many of them describe the crayfish in this tale? Are there any new ones you need to add to your list?*

II.   Вопросы для обсуждения

1. Кого вы бо́льше лю́бите: лису́ и́ли ра́ка? Почему́?

2. На кого́ вы бо́льше похо́жи? Почему́?

3. Кто умне́е, лиса́ и́ли рак? Почему́?

4. Зна́ете ли вы каки́е-нибудь ска́зки, подо́бные э́той?

5. Есть мора́ль в э́той ска́зке? Объясни́те ва́шу то́чку зре́ния.

III.   Упражне́ние. Лиса́ говори́т ра́ку: «Дава́й с тобо́й перегоня́ться» (Let's race). Say the following people will do these activities together.

Remember: **с + кем/чем (instrumental case)**

Образе́ц: Ле́на / рабо́тать / она́
Ле́на рабо́тает с ней.

1. Ва́ня / игра́ть / он
2. они́ / писа́ть / кни́га / профе́ссор
3. рак / бе́гать / лиса́
4. соба́ка / гуля́ть / роди́тели
5. ста́рший брат / петь / сестра́
6. мы / собира́ть / я́годы / они́
7. вы / говори́ть / студе́нты
8. я / покупа́ть / проду́кты / мать

IV. **Упражнéние.** Рак говори́т лисé: «Я давнó тебя́ жду» (I've been waiting a long time for you). Say who the following people have been waiting for. Remember: **ждать (жду, ждёшь, ждут) + когó (accusative case, no preposition needed)**

Образéц: брат / сестрá
Брат ждёт сестрý.

1. отéц / сын
2. мы / преподавáтель
3. ты / онá
4. сосéд / ты
5. вы / Надéжда Николáевна
6. врач / больнóй
7. актёры / режиссёр
8. дéти / роди́тели
9. я / они́
10. друзья́ / я
11. вы / мáма
12. подрýга / мы

V. **Письмó**

1. You are a sportscaster and have been asked to cover the race between the fox and the crayfish. Write out an interview between you (as the reporter) and one of the participants before and after the race.

2. You are a news reporter and have been asked to write a brief article on the race. Write a one-paragraph report about the two animals and how their race turned out.

3. Write a one-paragraph description of either the crayfish or the fox.

4. Imagine you are the fox and want to know how the crayfish managed to win the race. Write a dialogue in which you ask the crayfish at least three questions about his strategy. Make sure to include the crayfish's answers as well.

5. Compare this tale to "The Tortoise and the Hare" («Черепáха и зáяц»), noting what similarities and differences there are between the two stories. Which do you prefer? Why?

Лиса́ и жура́вль
The Fox and the Crane

Пе́ред чте́нием

Упражне́ния

A. Отве́тьте на вопро́сы

1. *In this tale a female fox (**лиси́ца**) befriends a crane (**жура́вль**). Circle those adjectives that you would use to describe a **лиси́ца**.*

хи́трая	у́мная	то́лстая
гро́мкая	гру́стная	до́брая
глу́пая	симпати́чная	сме́лая

2. *Look at the adjectives below and circle the ones you would use to describe a crane (**жура́вль**).*

то́лстый	свире́пый	гостеприи́мный
скро́мный	худо́й	свято́й
высо́кий	ти́хий	жа́дный

3. *Look at the following foods and provide their English equivalents. Circle those items that foxes typically eat.*

ка́ша	окро́шка	ры́ба
капу́ста	сала́т	ку́рица
морко́вь	помидо́р	карто́шка

4. *Look at the following foods. Circle those items that cranes typically eat.*

ка́ша	окро́шка	ры́ба
капу́ста	сала́т	ку́рица
морко́вь	помидо́р	карто́шка

Б. **Вопро́сы для обсужде́ния**

1. Посмотри́те на карти́нки: како́й у лисы́ нос? А у журавля́?

2. Как вы ду́маете, где живёт лиса́? Где живёт жура́вль?

3. Как вы ду́маете, мо́гут ли лиса́ и жура́вль быть друзья́ми? Почему́, и́ли почему́ нет?

В. **Но́вые слова́.** In this tale the fox and crane prepare each other food. The following exercise will help familiarize you with new vocabulary.

кум (folk.)/*куманёк* (dim.)—godfather
кума́ (folk.)/*ку́мушка* (dim.)—godmother
ку́шать/поку́шать (colloq.)—to eat
окро́шка—traditional Russian soup served cold
угоща́ть/угости́ть (кого́ + чем)—to treat someone to something (*Семья́ угоща́ет го́стя то́ртом.*)

Соста́вьте предложе́ния. Make sentences out of the new vocabulary.

1. царь, угоща́ть, го́сти, вку́сный, пиро́г

   _____

2. кума́, угоща́ть, внук, моро́женое

   _____

3. одна́жды, кум, поку́шать, холо́дный, окро́шка

   _____

4. ребёнок, есть, горя́чий, ма́нная ка́ша

   _____

Г. **Императи́в.** The following chart lists imperatives that may appear in the tale. Give an English equivalent of the infinitives and imperatives listed below. As you are reading, identify which commands appear in the text and to whom they are directed.

Infinitive	Imperative (ты/вы)	Кто говори́т императи́в?	Кому́?
ку́шать—	ку́шай/те—		
пода́ть—	пода́й/те—		
приходи́ть—	приходи́/те—		
пригото́вить—	пригото́вь/те—		
бессу́дить (obs.)—	бессу́дь/те—		

Д. **Культу́ра**

1. In this tale the animals refer to one another as **кум** (diminutive: **куманёк**) and **кума́** (diminutive: **ку́мушка**), which translate as "godfather" and "godmother." In the context of this tale, however, the terms **кум** and **кума́** are used to mean "close friend." Note that these terms for godparents are outdated. In contemporary Russian, godparents are referred to as **крёстный оте́ц** or **крёстная мать**.

2. Russian tales are replete with proverbs (**погово́рки**). This tale contains two sayings: «**Как не со́лоно хлеба́ла**» (which roughly translates as "to leave hungry and unsatisfied") and «**Как аукнулось, так и откликнулось**» (which can be translated as "what goes around comes around"). In what context do you think these proverbs will appear in the tale? Share your ideas with a classmate.

3. Read the following recipe for **окро́шка** from the beginning of the nineteenth century. Make a list of the different ingredients needed for the recipe. Do you think this was a staple of the Russian peasant diet? Why or why not?

   Варёный карто́фель поре́зать кусо́чками, свёклу варёную изруби́ть, наре́зать кусо́чками ра́зных грибо́в солёных и марино́ванных, мочёных я́блок, марино́ванных слив и́ли ви́шен, сложи́ть всё э́то в супову́ю ча́шку, нали́ть ки́слыми щами́ и́ли ква́сом, положи́ть со́ли, пе́рца, зелёного лу́ка, укро́па и ча́йную ло́жечку гото́вой горчи́цы, размеша́ть всё вме́сте и положи́ть кусо́к льда.

4. In the story the animals eat **ма́нная ка́ша**. There are different types of **ка́ша**. Search the Internet to see what kinds you can find. Come to class with a list of types and be ready to describe which form of **ка́ша** is your favorite.

Чте́ние

Лиса́ и жура́вль
The Fox and the Crane

Лиси́ца с журавлём подружи́лись, да́же покуми́лась с ним у кого́-то[3] на роди́нах.

Вот и взду́мала одна́жды лиси́ца угости́ть журавля́, пошла́ звать его́ в го́сти.

— Приходи́, куманёк, приходи́, дорого́й! Уж я как тебя́ угощу́!

Идёт жура́вль на зва́ный пир, а лиса́ навари́ла ма́нной ка́ши и размаза́ла по таре́лке. Подала́ и по́тчует:

— Поку́шай, мой голу́бчик-куманёк! Сама́ стря́пала.

Жура́вль хлоп-хлоп но́сом, стуча́л, стуча́л, ничего́ не попада́ет!

А лиси́ца в э́то вре́мя ли́жет себе́ да ли́жет ка́шу, так всю сама́ и ску́шала. Ка́ша съе́дена; лиси́ца говори́т:

— Не бессу́дь, любе́зный кум! Бо́льше по́тчевать не́чем.[4]

— Спаси́бо, кума́, и на э́том! Приходи́ ко мне в го́сти.

На друго́й день прихо́дит лиси́ца, а жура́вль пригото́вил окро́шку, накла́л в кувши́н с ма́лым го́рлышком, поста́вил на стол и говори́т:

— Ку́шай, ку́мушка! Пра́во, бо́льше не́чем по́тчевать.

Лиса́ начала́ верте́ться вокру́г кувши́на, и так зайдёт и э́так, и лизнёт его́, и поню́хает-то, всё ничего́ не доста́нет! Не ле́зет голова́ в кувши́н.[5] А жура́вль ме́жду тем клюёт да клюёт, пока́ всё пое́л.

— Не бессу́дь, кума́! Бо́льше угоща́ть не́чем.

Взяла́ лису́ доса́да, ду́мала, что наестся на це́лую неде́лю, а домо́й пошла́ как не со́лоно хлеба́ла. Как ау́кнулось, так и откли́кнулось!

С тех пор и дру́жба у лисы́ с журавлём врозь.

Вопро́сы к те́ксту

1. Каку́ю еду́ лиси́ца пригото́вила для журавля́?

2. Каку́ю еду́ жура́вль пригото́вил для лиси́цы?

3. В чём лиси́ца подава́ла ма́нную ка́шу? В чём жура́вль подава́л окро́шку?

4. Жура́вль смог есть то, что пригото́вила лиси́ца? Почему́, и́ли почему́ нет?

5. Лиси́ца смогла́ есть то, что пригото́вил жура́вль? Почему́, и́ли почему́ нет?

6. В конце́ ска́зки жура́вль и лиси́ца – хоро́шие друзья́? Почему́, и́ли почему́ нет?

---

3. *у кого́-то*—at someone's house

4. I have nothing else to offer you

5. his head won't fit in the pitcher

После чтения

Упражнения

I. **Императи́в.** Review the prereading exercise on page 14 and make sure to complete the chart noting which animal says what and to whom.

II. **Переска́з те́кста.** Retell the story from the point of view of the crane or fox.

«Одна́жды я пригласи́ла журавля́ к себе́ в го́сти. . .»

«Одна́жды лиси́ца пригласи́ла меня́ к себе́ в го́сти. . .»

III. **Вопро́сы для обсужде́ния**

1. Како́й персона́ж вам бо́льше понра́вился? Почему́?
2. Како́й персона́ж вам ме́ньше понра́вился? Почему́?
3. Как вы ду́маете, почему́ лиси́ца пригласи́ла журавля́ в го́сти?
4. Как вы ду́маете, почему́ жура́вль пригласи́л лиси́цу в го́сти?
5. Какова́ мора́ль э́той ска́зки?

IV. **Поговори́м о себе́**

1. Вы лю́бите ходи́ть в го́сти? Почему́?
2. Как ча́сто вы хо́дите в го́сти?
3. К кому́ вы хо́дите в го́сти?
4. Что вам бо́льше нра́вится, ходи́ть в го́сти и́ли принима́ть госте́й? Почему́?
5. По каки́м пра́здникам вы приглаша́ете к себе́ госте́й?

6. Что вы готóвите, когдá вы приглашáете к себé гостéй?

7. Вы чáсто приглашáете гостéй к себé? Почемý, или почемý нет?

8. Когдá вы в послéдний раз ходи́ли в гóсти? К комý вы ходи́ли? Чем вас угощáли?

9. Что обы́чно дéлают в гостя́х?

10. Где лýчше ýжинать, в гостя́х и́ли в ресторáне? Почемý?

V. **Соглáсны ли вы? Почемý?** Read the following statements and say whether you agree with them. Explain your point of view using the following phrases: *мне кáжется, что*; *по-мóему*; *не секрéт, что*; *с однóй стороны́ / с другóй стороны́*; *нéкоторые (мнóгие) считáют, что. . ., а я считáю, что. . .*

1. Когдá идёшь в гóсти, нáдо приноси́ть едý.

2. Когдá идёшь в гóсти, нáдо приноси́ть цветы́.

3. Лýчше ýжинать в ресторáне, чем дóма.

4. Ходи́ть в гóсти скýчно.

5. Когдá приглашáешь гостéй, нáдо приготóвить им большóй ýжин.

6. Америкáнцы не лю́бят ходи́ть в гóсти.

7. Америкáнцы не лю́бят принимáть гостéй.

8. В гостя́х нáдо сидéть óчень дóлго.

9. Не нáдо спрáшивать, чтó лю́бят есть гóсти.

10. Когдá идёшь в гóсти не нáдо опáздывать.

VI.   Разыгра́йте

1. Imagine that you have invited a friend to your house. Create a dialogue with your partner in which you act out his or her visit. Refer back to the prereading exercise on imperatives to help formulate requests.

2. Imagine you are an investigative reporter and you want to find out why the fox and crane are no longer on speaking terms. Interview your partner, who will play the role of the crane or fox, and find out what happened.

VII.   Упражне́ние. Жура́вль говори́т: «Ничего́ не попада́ет» (Nothing is making it in). Practice negation with the following sentences.

Образе́ц: мои́ друзья́ / гото́вить
Мои́ друзья́ ничего́ не гото́вят.

1. я / чита́ть
2. мы / де́лать
3. де́ти / знать
4. Ива́н / рисова́ть
5. моя́ тётя / писа́ть
6. роди́тели / слу́шать
7. э́ти студе́нты / гото́вить
8. твои́ друзья́ / говори́ть
9. ты / есть и́ли пить

VIII.   Упражне́ние. Лиси́ца говори́т: «Я тебя́ угоща́ю» (I am treating you). Say the following people are treating a guest to something.

Remember: **кто + угоща́ть + кого́ (accusative) + чем (instrumental)**

Образе́ц: Лари́са / угоща́ть / подру́га / шокола́д
Лари́са угоща́ет подру́гу шокола́дом.

1. де́ти / угоща́ть / роди́тели / у́жин
2. она́ / угоща́ть / ты / ка́ша
3. мы / угоща́ть / преподава́тель / вку́сный торт
4. вы / угоща́ть / он / суп
5. друг / угоща́ть / я / чай
6. я / угоща́ть / они́ / блины́

IX. **Упражнéние.** Лисица говорит: «Бóльше пóтчевать нéчем» (I have nothing else to offer you). Say that the following people have nowhere (**нéгде**), nothing (**нéчего**), or nothing to do something with (**нéчем**). Remember the stress in these constructions is on the first syllable and they require the dative case. After completing the sentence in Russian, think about how you would express the same thought in English or your native language.

Образéц: Тáня / нéчем / писáть
Тáне нéчем писáть.

1. Ивáн / нéчего / сказáть
2. мы / нéгде / читáть
3. лисица / нéчем / угощáть
4. дéти / нéгде / бéгать
5. Надéжда / нéчем / писáть
6. я / нéчего / дéлать

X. **Письмó**

1. Pretend you are inviting a fairy-tale animal to dinner. Write a letter inviting the fairy-tale animal over for a nice meal. Make sure to include where you live, what time the animal should come over, what you will be making, and whether your guest should bring anything.

2. Pretend you are the fox. Write a letter to a family member explaining your failed attempt to be friends with the crane.

3. This tale emphasizes how the crane gets revenge on the fox for serving him food that he cannot eat. What do you think of how the fox and crane behaved? Write an essay in which you explain what you think of the animals' behavior. How would you have behaved if you were the fox or the crane? Would you have acted in a similar manner or done something different?

4. You recently attended a friend's dinner party and would like to thank him or her for the wonderful evening. Compose a note to your friend expressing your gratitude for his or her hospitality.

5. Your school or college recently hosted a Russian cultural evening in which participants prepared traditional Russian dishes and the local orchestra played popular Slavic songs. You've been asked to compose a detailed report of the evening's events for a Russian newspaper. Make sure to include what food was prepared, who attended, what activities were held, and how the event was received.

XI. **Дополни́тельный материа́л**

1. Several cartoon adaptations of the tale **«Лиса́ и жура́вль»** can be found online. Working individually or in groups, find an adaptation and compare it to the tale you read. Are the cartoon versions of the fox and the crane similar to or different from the descriptions in the tale?

2. Many images illustrating the tale's narrative can be found at websites for **наро́дные ска́зки**. Find a picture that depicts a moment in the tale and write out your own dialogue to accompany the image. Share your image and text with classmates.

Зимо́вье звере́й
The Animals' Winter Hut

Пе́ред чте́нием

Упражне́ния

А. **Отве́тьте на вопро́сы**

1. What types of animals usually appear in folktales? List as many as possible. Categorize them as positive (**положи́тельный**) or negative (**отрица́тельный**).

Положи́тельные персона́жи	Отрица́тельные персона́жи

2. A number of animals appear in this tale. Label each picture with the appropriate animal from the list below.

баран, медведь, петух, бык, свинья, гусь, волк, лиса

_____   _____   _____

_____   _____   _____

_____   _____

3. Examine the following quotations from the tale **«Зимо́вье звере́й»** and decide which of the animals from the previous exercise would say what. When you have finished reading, return and see how many of the quotations you correctly identified.

   а. «А по мне́ хоть каки́е моро́зы — я не бою́сь: заро́юсь в зе́млю и без избы́ прозиму́ю».

   б. «Не пу́стишь?, — говори́т _____, — так я взлечу́ наве́рх, всю зе́млю с потолка́ сгребу́; тебе́ же холодне́е бу́дет».

   в. «Кум, — говори́т она́ медве́дю, — отворя́й дверь, я наперёд пойду́, петуха́ съем».

   г. «У меня́ шу́ба тепла́ — вишь кака́я шерсть».

   д. «Что она́ там до́лго с петухо́м не мо́жет упра́виться?», — говори́т _____.

   е. «А я ся́ду в середи́ну е́ли, одно́ крыло́ постелю́, а други́м оде́нусь, — меня́ никако́й хо́лод не возьмёт; я и так прозиму́ю».

Б. Культу́ра

1. Many Russian tales feature the peasant house, **изба́ (избу́шка)**.[6] Make a list of the items you think would be in a peasant's house. Compare your list with a classmate's. Working together, look online for additional resources to help you make a comprehensive list. To get your research started, you can look up **«изба́»**, **«музе́й деревя́нного зо́дчества»**, or **«музе́й под откры́тым не́бом»**.

2. Many Russian tales feature animals. The following tale features two favorites: the fox (**лиса́**), who is typically a predatory figure known for trickery, and the bear (**медве́дь**). Possibly the most iconic animal in Russian culture is the brown bear (**бу́рый медве́дь**).[7] In Russian tales this bear often goes by the name **Миха́йло Ива́нович**.

---

[6]. **Изба́** has two possible prounciations in the accusative case: **избу́** as well as **и́збу**. We use **и́збу** because this is the dominant form found in folktales.

[7]. See Genevra Gerhart and Eloise M. Boyle, *The Russian's World: Life and Language* (Bloomington, Ind.: Slavica, 2012), 403–24, on the role of animals in Russian culture.

В. **Вопро́сы для обсужде́ния**

1. Как живо́тные обы́чно прово́дят зи́му? Где? Почему́?

2. Како́е живо́тное са́мое опа́сное: бара́н, медве́дь, пету́х, бык, свинья́, гусь, волк и́ли лиса́? Почему́?

3. Како́е живо́тное са́мое до́брое: бара́н, медве́дь, пету́х, бык, свинья́, гусь, волк и́ли лиса́? Почему́?

4. Како́е живо́тное са́мое у́мное: бара́н, медве́дь, пету́х, бык, свинья́, гусь, волк и́ли лиса́? Почему́?

5. Како́е живо́тное са́мое си́льное: бара́н, медве́дь, пету́х, бык, свинья́, гусь, волк и́ли лиса́ почему́?

6. Како́е живо́тное гро́мче всех кричи́т: бара́н, медве́дь, пету́х, бык, свинья́, гусь, волк и́ли лиса́?

Г. **Но́вые слова́.** In this tale the animals must decide how to spend the winter. Examine the following words from the tale and note their meanings.

гре́ться/погре́ться—to warm oneself
зимо́вье—winter hut; place where animals hibernate
иска́ть (я ищу́, ты и́щешь, они́ и́щут)/*поиска́ть*—to look for
моро́з—frost
попада́ться—to accidentally meet, to come across
пуска́ть/пусти́ть—to allow someone (in), to release
шу́ба—fur coat

Д. **Запо́лните про́пуски.** Fill in the blanks in the sentences below with one of the words from the list above. Watch for subject/verb and case agreement.

1. Свинья́ _____ (looks for) ме́сто, где она́ мо́жет жить.

2. Зимо́й ча́сто быва́ет си́льный _____ (frost).

3. Бык не хо́чет _____ (allow) живо́тных к себе́ домо́й.

4. В ска́зках ча́сто _____ ([accidentally] meet) волше́бные живо́тные.

5. Пету́х прихо́дит к быку́ и говори́т: «Хо́лодно мне! Пусти́, брат, _____» (to warm up).

6. Живо́тные прово́дят зи́му в _____ (winter home).

7. Бара́н не бои́тся зимы́, потому́ что у него́ тёплая _____ (fur coat).

Чте́ние

Зимо́вье звере́й
The Animals' Winter Hut

Часть 1

Шёл бык ле́сом; попада́ется ему́ навстре́чу бара́н.
— Куда́, бара́н, идёшь? — спроси́л бык.
— От зимы́ ле́та ищу́, — говори́т бара́н.
— Пойдём со мно́ю!
Вот пошли́ вме́сте; попада́ется им навстре́чу свинья́.
— Куда́, свинья́, идёшь? — спроси́л бык.
— От зимы́ ле́та ищу́, — отвеча́ет свинья́.
— Иди́ с на́ми!
Пошли́ втроём да́льше; навстре́чу им попада́ется гусь.
— Куда́, гусь, идёшь? — спроси́л бык.
— От зимы́ ле́та ищу́, — отвеча́ет гусь.
— Ну, иди́ за на́ми!
Вот гусь и пошёл за ни́ми. Иду́т, а навстре́чу им пету́х.
— Куда́, пету́х, идёшь? — спроси́л бык.
— От зимы́ ле́та ищу́, отвеча́ет пету́х.
— Иди́ за на́ми!
Вот иду́т они́ путём-доро́гою и разгова́ривают ме́жду собо́й:
— Ка́к же, бра́тцы-това́рищи? Вре́мя прихо́дит холо́дное: где тепла́ иска́ть?
Бык и ска́зывает:
— Ну, дава́йте и́збу стро́ить, а то и впрямь зимо́ю замёрзнем.
Бара́н говори́т:
— У меня́ шу́ба тепла́ — вишь кака́я шерсть! Я и так прозиму́ю.
Свинья́ говори́т:
— А по мне хоть каки́е моро́зы — я не бою́сь: заро́юсь в зе́млю и без избы́ прозиму́ю.
Гусь говори́т:
— А я ся́ду в середи́ну е́ли, одно́ крыло́ постелю́, а други́м оде́нусь, — меня́ никако́й хо́лод не возьмёт; я и так прозиму́ю.
Пету́х говори́т:
— И я то́же!

Бык ви́дит — де́ло пло́хо, на́до одному́ хлопота́ть.

— Ну, — говори́т, — вы как хоти́те, а я ста́ну и́збу стро́ить.

Вы́строил себе́ избу́шку и живёт в ней.

Вопро́сы к те́ксту

    1.1   Кого́ встреча́ет бык?
    1.2   Кто хо́чет постро́ить дом? Почему́?
    1.3   Почему́ бара́ну не ну́жен зи́мний дом?
    1.4   Где свинья́ бу́дет жить зимо́й?
    1.5   Что гусь и пету́х бу́дут де́лать зимо́й?
    1.6   В конце́ концо́в кто стро́ит дом? Кто помога́л ему́?

Часть 2

Вот пришла́ зима́ холо́дная, ста́ли пробира́ть моро́зы; бара́н — де́лать не́чего — прихо́дит к быку́:

— Пусти́, брат, погре́ться.

— Нет, бара́н, у тебя́ шу́ба тепла́; ты и так прозиму́ешь. Не пущу́!

— А ко́ли не пу́стишь, то я разбегу́сь и вы́шибу из твое́й избы́ бревно́; тебе́ же бу́дет холодне́е.

Бык ду́мал, ду́мал:

«Дай пущу́, а то, пожа́луй, и меня́ заморо́зит», — и пусти́л бара́на.

Вот и свинья́ прозя́бла, пришла́ к быку́:

— Пусти́, брат, погре́ться.

— Нет, не пущу́; ты в зе́млю заро́ешься и так прозиму́ешь!

— А не пу́стишь, так я ры́лом все столбы́ подро́ю да твою́ избу́ уроню́.

Де́лать не́чего, на́до пусти́ть; пусти́л и свинью́. Тут пришли́ к быку́ гусь и пету́х:

— Пусти́, брат, к себе́ погре́ться.

— Нет, не пущу́. У вас по два крыла́: одно́ посте́лешь, други́м оде́нешься; и так прозиму́ете!

— А не пу́стишь, — говори́т гусь, — так я весь мох из твои́х стен вы́щиплю; тебе́ же холодне́е бу́дет.

— Не пу́стишь? — говори́т пету́х, — так я взлечу́ наве́рх, всю зе́млю с потолка́ сгребу́; тебе́ же холодне́е бу́дет.

Что де́лать быку́? Пусти́л жить к себе́ и гу́ся и петуха́.

Вот живу́т они́ себе́ да пожива́ют в избу́шке. Отогре́лся в тепле́ пету́х и на́чал пе́сенки распева́ть. Услы́шала лиса́, что пету́х пе́сенки распева́ет, захоте́лось петушко́м пола́комиться, да как доста́ть его́? Лиса́ подняла́сь на хи́трости, отпра́вилась к медве́дю да во́лку и сказа́ла:

— Ну, любе́зные куманьки́, я нашла́ для всех поживу́: для тебя́, медве́дь, быка́; для тебя́, волк, бара́на, а для себя́ петуха́.

— Хорошо́, ку́мушка, — говоря́т медве́дь и волк, — мы твои́х услу́г никогда́ не забу́дем! Пойдём же, прико́лем да пое́дим!

Вопро́сы к те́ксту

2.1 Кто прихо́дит к быку́ зимо́й? Почему́?
2.2 Почему́ бык не хо́чет их пуска́ть к себе́?
2.3 Почему́ бык в конце́ концо́в впуска́ет их к себе́ в дом?
2.4 Отку́да лиса́ зна́ет, где живёт пету́х?
2.5 К кому́ идёт лиса́? Почему́? Что лиса́ собира́ется де́лать?
2.6 Как вы ду́маете, чем зако́нчится э́та исто́рия?

Часть 3

Лиса́ привела́ их к избу́шке.

— Кум, — говори́т она́ медве́дю, — отворя́й дверь, я наперёд пойду́, петуха́ съем.

Медве́дь отвори́л дверь, а лиси́ца вскочи́ла в избу́шку. Бык увида́л её и то́тчас прижа́л к стене́ рога́ми, а бара́н на́чал оса́живать по бока́м; из лисы́ и дух вон.

— Что она́ там до́лго с петухо́м не мо́жет упра́виться? — говори́т волк. — Отпира́й, брат Миха́йло Ива́нович! Я пойду́.

— Ну ступа́й.

Медве́дь отвори́л дверь, а волк вскочи́л в избу́шку. Бык и его́ прижа́л к стене́ рога́ми, а бара́н на́чал оса́живать по бока́м, и так его́ при́няли, что волк и дыша́ть переста́л.

Вот медве́дь ждал, ждал:

— Что он до сих пор не мо́жет упра́виться с бара́ном! Дай я пойду́.

Вошёл в избу́шку, а бык да бара́н и его́ так же при́няли. Наси́лу вон вы́рвался и пусти́лся бежа́ть без огля́дки.[8]

Вопро́сы к те́ксту

3.1 Кто прихо́дит к быку́? Почему́?
3.2 Кто открыва́ет дверь?
3.3 Кто вхо́дит в и́збу пе́рвым?
3.4 Что бык сде́лал, когда́ он уви́дел лиси́цу?
3.5 Как зову́т медве́дя?
3.6 Что случи́лось с лиси́цей и во́лком?
3.7 Как вы понима́ете фра́зу «без огля́дки»? Что э́то зна́чит?
3.8 Почему́ медве́дь убежа́л из избы́?

---

8. he started running away without looking back

После чтения

Упражнения

I. **Предсказание.** Look back to the prereading exercise on page 23 in which you guessed which animals would say the given quotations. Were any of your predictions true? Are there any quotations that you misidentified? Go through and check your answers.

II. **Ве́рно (+) и́ли неве́рно (−)?**

1. _____ Пету́х помо́г быку́ стро́ить и́збу.

2. _____ Бара́н говори́т, что у него́ тёплая шу́ба.

3. _____ Никто́ не помога́ет быку́ стро́ить и́збу.

4. _____ Гусь собира́ется провести́ зи́му на ю́ге.

5. _____ Зимо́й бы́ло о́чень хо́лодно.

6. _____ Волк пусти́л всех живо́тных к себе́ в дом.

7. _____ Бык пуска́ет живо́тных к себе́ в дом, потому́ что ему́ жа́лко их.

8. _____ Медве́дь то́же хо́чет провести́ зи́му в избе́ у быка́.

9. _____ Медве́дь съел быка́.

10. _____ Лиса́ и гусь у́мерли.

III. **Поря́док собы́тий.** Put the following events from the story in order. Omit any events that did not happen in the story.

_____ Медве́дь убежа́л из избы́.

_____ Бык постро́ил и́збу оди́н.

_____ Волк вскочи́л в и́збу.

_____ Лиса́ хоте́ла, что́бы медве́дь и волк ей помогли́.

_____ Гусь откры́л дверь и медве́дь вошёл в и́збу.

_____ Никто́ не хоте́л помо́чь быку́ постро́ить и́збу.

_____ Бык встре́тил бара́на в лесу́.

_____ Лиса́ услы́шала, как пету́х пел пе́сенки.

_____ Живо́тные хоте́ли, что́бы бык пусти́л их в и́збу.

IV. **Вопро́сы для обсужде́ния**

1. Какова́ мора́ль э́той ска́зки?

2. Если бы вы бы́ли на ме́сте быка́, вы бы пусти́ли други́х живо́тных к себе́ в дом? Почему́?

3. Есть посло́вица: «Не на́до откла́дывать на за́втра то, что мо́жно сде́лать сего́дня». Как вы понима́ете э́ту посло́вицу? Есть ли эквивале́нт по-англи́йски? Свя́зана ли посло́вица с э́той ска́зкой?

V. **Разыгра́йте**

1. Imagine you are the bull. Convince one of the other animals to help you build the hut.

2. Imagine you are one of the animals from the tale. Convince the bull to let you spend the winter in the hut.

3. Imagine you are a reporter and you just witnessed the bear running out of the bull's hut. Interview the bull (or the bear) and ask him five questions about what just happened.

4. Choose an additional animal not found in the original tale. What would that animal say or do to get out of building a winter hut? Act out a dialogue in which the bull tries to convince your animal to build the hut.

VI. Видеопроéкт

1. Working in small groups, choose one of the three sections from the tale and make a film based on it. Think up your own dialogue based on the text.

2. Create a "director's cut" (**режиссёрская вéрсия**) of the tale. Imagine a scene that is not included in the story but that could have happened. Write a script for your missing scene and film it for your classmates and instructor. Be ready to explain why you made the choices you did.

VII. Упражнéние. Свинья́ пришла́ к быку́. The construction to visit people is **к + кому́ (dative)**. Say the first person or animal is going to visit the second.

Образéц: бык / петýх
           Бык идёт к петуху́.

1. медвéдь / лиси́ца
2. живо́тные / бык
3. пти́ца / гусь
4. мы / подру́га
5. вы / друзья́
6. они́ / преподава́тель

VIII. Упражнéние. Свинья́ говори́т: «Я не бою́сь зимы́». Say the following people or animals are not afraid of the listed things.

Remember: **боя́ться + кого́/чего́ (genitive)**

Образéц: они́ / рабо́та
           Они́ не боя́тся рабо́ты.

1. бара́н / петýх
2. волк / медвéдь
3. лю́ди / живо́тные
4. мы / ру́сский язы́к
5. вы / смерть
6. студéнты / преподава́тели

IX. Упражнéние. Бык говори́т: «Де́ло пло́хо, на́до одному́ хлопота́ть» (Things are bad, I've got to take care of it myself). Using the construction **кому́ + на́до + инфинити́в**, say these people or animals have to do the following things.

Образéц: петýх / петь пéсни
           Петуху́ на́до петь пéсни.

1. бык / постро́ить дом
2. живо́тные / жить в избу́шке
3. лиси́ца / поговори́ть с медвéдем
4. сестра́ / рабо́тать в рестора́не
5. мы / чита́ть ру́сские ска́зки
6. они́ / пойти́ в го́сти
7. учи́тель / прове́рить сочине́ния
8. вы / пригото́вить у́жин

X. **Упражнéние.** Что вам нáдо дéлать? Write five sentences explaining what you have to do today using **мне + нáдо + инфинитúв**.

Сегóдня _____

_____

_____

_____

_____

_____

XI. **Упражнéние.** Бык хóчет, чтóбы другúе живóтные помоглú емý пострóить избýшку. Using **чтóбы + past tense**, say what the following animals want others to do.

Образéц: бык / живóтные / пострóить избýшку
Бык хóчет, чтóбы живóтные пострóили избýшку.

1. волк / бык / пустúть его́ в избýшку
2. лисá / медвéдь и волк / прийтú к бы́кý
3. бык / барáн / не / боя́ться зимы́
4. волк / лисúца / есть барáна
5. гусь / свинья́ / откры́ть дверь
6. свинья́ / петýх / петь пéсенки

XII. **Упражнéние.** Я хочý, чтóбы. . . Using **чтóбы + past tense**, say five things you want others (parents, siblings, friends, instructors) to do.

_____

_____

_____

_____

_____

XIII. Упражне́ние. Speculate on how the tale could have ended under the different conditions listed below. Pay attention to the tense used in both clauses in the construction of the (unreal) conditional mood.

Образе́ц: *Если бы лиса́ не услы́шала пе́сни, она́ бы не зна́ла, что пету́х живёт в избу́шке.*

1. Если бы зимо́й бы́ло не о́чень хо́лодно, . . .

2. Если бы бык не постро́ил дом, . . .

3. Если бы бык не пусти́л живо́тных к себе́ в дом, . . .

4. Если бы пету́х не пел пе́сни, . . .

5. Если бы медве́дь не убежа́л, . . .

XIV. Письмо́

1. Retell the story from the point of view of one of the animals in as much detail as possible.

2. Write a two-paragraph comparison of the appearance and personality of any two animals from the story. Are they negative or positive characters? Why or why not?

3. Think about how the story might have developed differently if the animals had made different choices. Write an alternative ending to the tale based on your speculations.

4. Using the future tense, tell what will happen to all the animals once winter ends.

5. This fairy tale touches on the themes of teamwork and comradery. Give an example of a time when you worked with a team or a group. What were the challenges you faced? How did you work together to complete a task? What things do you think are important to keep in mind when you work as a team or in groups?

XV.   Дополни́тельный материа́л

1. Search online for a cartoon adaptation of the tale **«Зимо́вье звере́й»**. For example, you can find one from 1981 produced by the studio Союзмультфи́льм. Working on your own or in groups, decide how the cartoon version you found compares with the one you read. What are the similarities or differences between the written text and the cartoon? Which version do you prefer? Why?

2. Search online for pictures of the animals from the tale. To get your search started, try looking for **«Зимо́вье звере́й»**. Find a picture that shows all the animals together. Write out a description of what you think is happening in the picture. Share your picture and description with a classmate.

Бе́лая у́точка
The Little White Duck

Пе́ред чте́нием

Упражне́ния

А. **Спи́сок.** In this tale a prince (**князь**) travels to a distant land. If you were going on a trip, what would you take with you? Make a list in Russian of your most necessary items. Do you think the prince will need the same items?

Б. **Уменьши́тельная фо́рма.** Folktales make extensive use of the diminutive form (**уменьши́тельная фо́рма**)—for example, **у́точка**, which is a diminutive form of **у́тка** (duck). Examine the following paragraphs and complete the following tasks.

1. Underline the words you think are diminutives.

2. On a separate sheet of paper write the standard form of each diminutive noun you find in the paragraph.

3. Translate each diminutive form into English.

   а. На кня́жьем дворе́ белы́, как плато́чки, холодны́, как пласто́чки, лежа́ли бра́тья ря́дышком. Ки́нулась она́ к ним, бро́силась, кры́лышки распусти́ла, де́точек обхвати́ла и матери́нским го́лосом завопи́ла.

   б. А бе́лая у́точка нанесла́ яи́чек, вы́вела де́точек, двух хоро́ших, а тре́тьего замо́рышка, и де́точки её вы́шли — ребя́точки; она́ их вы́растила, ста́ли они́ по ре́чке ходи́ть, зла́ту ры́бу лови́ть, лоску́тики собира́ть, кафта́ники сшива́ть, да выска́кивать на бережо́к, да погля́дывать на лужо́к.

В. **Ри́фма.** Folktales often contain phrases that rhyme. Look at the examples below and underline the words you think rhyme. Read the examples aloud until you can clearly hear the rhyme.

1. Ста́ли они́ по ре́чке ходи́ть, зла́ту ры́бу лови́ть, лоску́тики собира́ть, кафта́ники сшива́ть, да выска́кивать на бережо́к, да погля́дывать на лужо́к.

2. Ста́ли все жить-пожива́ть, добро́ нажива́ть, ху́до забыва́ть.

Г. **Вопро́сы для обсужде́ния**

1. В э́той ска́зке есть ве́дьма. Кто таки́е ве́дьмы? Как они́ вы́глядят? Что они́ де́лают в ска́зках? Каки́е ска́зки вы зна́ете, в кото́рых есть ве́дьма?

2. В э́той ска́зке есть князь. Кто таки́е князья́? Как они́ вы́глядят? Что они́ де́лают в ска́зках? Каки́е ска́зки вы зна́ете, в кото́рых есть кнзяь?

3. В э́той ска́зке есть княги́ня. Кто таки́е княги́ни? Как они́ вы́глядят? Что они́ де́лают в ска́зках? Каки́е ска́зки вы зна́ете, в кото́рых есть княги́ня?

4. В э́той ска́зке есть посло́вица: «Век обня́вшись не просиде́ть». Что э́то зна́чит? Как вы бы перевели́ э́ту посло́вицу? Вы согла́сны с посло́вицей? Почему́, и́ли почему́ нет?

Д. **Но́вые слова́.** In this tale a prince leaves for a long journey. Examine the following vocabulary from the story.

беда́—несча́стье, катастро́фа
княги́ня —жена́ кня́зя
княжна́—дочь кня́зя
князь—принц
пла́кать/запла́кать—to cry
угова́ривать/уговори́ть (+ кого́)—to persuade
ударя́ть/уда́рить—to hit
чужо́й—незнако́мый, не свой

Запо́лните про́пуски. Fill in the blanks in the sentences below with one of the words from the list above. Watch for subject/verb and case agreement.

1. Бога́тый _____ (prince) жени́лся на краси́вой княжне́.

2. Князь до́лго _____ (persuaded) жену́ не ходи́ть на бесе́ду.

3. _____ (wife of prince) бы́ло о́чень гру́стно, когда́ князь уе́хал.

4. Княжна́ мно́го _____ (cried) в своём поко́е.

5. В ска́зках ве́дьмы ча́сто прино́сят _____ (disaster).

Е. **Но́вые слова́.** Match the following verbs in the left column with their antonyms on the right. Translate all the verbs into English. Warning: the right column has one verb without a match.

жени́ться	ненави́деть
хохота́ть	отгова́ривать
сиде́ть	пла́кать
угова́ривать	разводи́ться
спра́шивать	стоя́ть
люби́ть	молча́ть
	отвеча́ть

Ле́ксика—глаго́лы. In the table below, write the first (**я**) and second (**ты**) singular and third plural (**они́**) form of the verbs provided.

	1st Singular **я**	2nd Singular **ты**	3rd Plural **они́**
1. жени́ться			
2. хохота́ть			
3. сиде́ть			
4. угова́ривать			
5. спра́шивать			
6. люби́ть			
7. ненави́деть			
8. отгова́ривать			
9. пла́кать			
10. разводи́ться			
11. встать			
12. отвеча́ть			

Ё. **Предсказа́ние.** This fairy tale features a prince, princess, and witch. Can you predict what will happen in the tale? Compose an outline of events using the verbs from the above exercise.

_____

_____

_____

_____

_____

_____

_____

_____

_____

_____

Ж. **Культу́ра.** In this folktale we learn that the princess will remain in the **те́рем** until the prince returns. The word **те́рем** refers to the separate quarters where women lived in Muscovite Russia. These secluded chambers were often on an upper story or in a separate wing of the house. Women in the **те́рем** were only allowed to socialize with family members. Although the origins of the **те́рем** are difficult to date for certain, many historians agree that the **те́рем** appeared as a social practice in the sixteenth century and continued until Peter the Great banned the seclusion of aristocratic women in the early eighteenth century. For a visual representation of the **те́рем**, look for the 1878 painting «Те́рем царе́вен» (*The Tsarevnas' Terem*) by the Russian artist Mikhail Klodt.

Чте́ние

Бе́лая у́точка
The Little White Duck

Часть 1

Оди́н князь жени́лся на прекра́сной княжне́ и не успе́л ещё на неё нагляде́ться, не успе́л с не́ю наговори́ться, не успе́л её наслу́шаться, а уж на́до бы́ло им расстава́ться, на́до бы́ло ему́ е́хать в да́льний путь, покида́ть жену́ на чужи́х рука́х. Что де́лать! Говоря́т, век обня́вшись не просиде́ть.

Мно́го пла́кала княги́ня, мно́го князь её угова́ривал, запове́довал не покида́ть высо́ка те́рема, не ходи́ть на бесе́ду, с дурны́ми людьми́ не обща́ться, худы́х рече́й не слу́шаться. Княги́ня обеща́ла всё испо́лнить. Князь уе́хал; она́ заперла́сь в своём поко́е и не выхо́дит.

До́лго ли, ко́ротко ли, пришла́ к ней же́нщина, каза́лось, така́я проста́я, серде́чная!

— Что, — говори́т, — ты скуча́ешь? Хоть бы на бо́жий свет погляде́ла, хоть бы по са́ду прошла́сь, тоску́ размы́кала, подыша́ла све́жим во́здухом.

До́лго княги́ня отгова́ривалась, не хоте́ла, наконе́ц поду́мала: по са́ду походи́ть не беда́, и пошла́.

В саду́ разлива́лась ключева́я хруста́льная вода́.

— Что, — говори́т же́нщина, — день тако́й жа́ркий, со́лнце пали́т, а вода́ студёная — так и пле́щет, не скупа́ться ли нам здесь?

А та подумала: ведь, скупаться не беда! Скинула сарафанчик и прыгнула в воду. Только окунулась, женщина ударила её по спине.

— Плыви, — говорит, белою уточкой!

И поплыла княгиня белой уточкой.

Ведьма тотчас нарядилась в её платье, убралась, намалевалась и села ожидать князя.

Только щенок вякнул, колокольчик звякнул, она уже бежит навстречу, бросилась к князю, целует, милует. Он обрадовался, сам руки протянул и не распознал её.

А белая уточка нанесла яичек, вывела деточек, двух хороших, а третьего заморышка, и деточки её вышли — ребяточки; она их вырастила, стали они по речке ходить, злату рыбу ловить, лоскутики собирать, кафтаники сшивать, да выскакивать на бережок, да поглядывать на лужок.

— Ох, не ходите туда, дети! — говорила мать.

Дети не слушали; нынче поиграют на травке, завтра побегают по муравке, дальше-дальше, и забрались на княжий двор.

Белая уточка

Вопросы к тексту

1.1 Как вы думаете, почему князю надо было уехать? Куда он уехал?

1.2 Что сказал князь своей жене перед тем, как он уехал?

1.3 Почему княгиня сначала не хотела выйти из комнаты?

1.4 Как ведьма достала одежду княгини?

1.5 Как вы думаете, с какой целью ведьма превращает княгиню в уточку?

1.6 Знает ли князь, что случилось с княгиней? Почему?

1.7 Сколько детей у княгини? Что мы знаем о них?

1.8 Почему дети зашли на княжий двор? Узнает ли ведьма об этом?

1.9 Как вы думаете, если ведьма узнает, что она с ними будет делать?

Часть 2

Ведьма чутьём их узнала, зубами заскрипела; вот она позвала деточек, накормила, напоила и спать уложила, и там велела разложить огня, навесить котлы, наточить ножи.

Легли два брата и заснули, — а заморышка, чтоб не застудить, приказала им мать в пазушке носить,[9] — заморышек-то и не спит, всё слышит, всё видит.

Ночью пришла ведьма под дверь и спрашивает:

— Спите вы, детки, или нет?

Заморышек отвечает:

---

9. the mother ordered them to carry the puny one close to their chest so that he wouldn't catch cold

— Мы спим-не спим, думу думаем, что хотят нас всех порезать, огни кладут калиновые, котлы висят кипучие, ножи точат булатные!
— Не спят.
Ведьма ушла, походила, походила, опять — под дверь:
— Спите, детки, или нет?
Заморышек опять говорит то же:
— Мы спим-не спим, думу думаем, что хотят нас всех порезать, огни кладут калиновые, котлы висят кипучие, ножи точат булатные!
— Что же это всё один голос?
Подумала ведьма, отворила потихоньку дверь, видит: оба брата спят крепким сном, тотчас обвела их мёртвой рукой — и они померли.[10]
Поутру белая уточка зовёт деток; детки не идут. Зачуяло её сердце, встрепенулась она и полетела на княжий двор.

Вопросы к тексту

2.1 Откуда ведьма знает, что дети на княжьем дворе?
2.2 Почему заморышек не спит?
2.3 Почему ведьма не видит заморышка?
2.4 Что ведьма хочет делать с детьми?
2.5 Что случилось с детьми?
2.6 Как вы думаете, чем закончится эта сказка?

Часть 3

На княжьем дворе белы, как платочки, холодны, как пласточки, лежали братья рядышком. Кинулась она к ним, бросилась, крылышки распустила, деточек обхватила и материнским голосом завопила:

Кря, кря, мои деточки!
Кря, кря, голубяточки!
Я нуждой вас выхаживала,
Я слезой вас выпаивала,
Темну ночь не досыпала,
Сладок кус не доедала!

Князь говорит, — Жена, слышишь небывалое? Утка приговаривает.
— Это тебе чудится! Велите утку со двора прогнать!
Её прогонят, она облетит да опять к деткам!

Кря, кря, мои деточки!
Кря, кря, голубяточки!
Погубила вас ведьма старая,
Ведьма старая, змея лютая,
Змея лютая, подколодная;
Отняла у вас отца родного,
Отца родного — моего мужа,
Потопила нас в быстрой речке,

---

10. she drew a circle around them with her deadly hand and they perished

Обрати́ла нас в бе́лых у́точек,
А сама́ живёт — велича́ется!

«Эге́!» — поду́мал князь и закрича́л:
— Пойма́йте мне бе́лую у́точку!

Бро́сились все, а бе́лая у́точка лети́т и никому́ не даётся; вы́бежал князь сам, она́ к нему́ на́ руки па́ла.

Взял он её за кры́лышко и говори́т:
— Стань бе́лая берёза у меня́ позади́, а кра́сная[11] деви́ца впереди́!

Бе́лая берёза вы́тянулась у него́ позади́, а кра́сная деви́ца ста́ла впереди́, и в кра́сной деви́це князь узна́л свою́ молоду́ю княги́ню.

То́тчас пойма́ли соро́ку, повяза́ли ей два пузырька́, веле́ли в оди́н набра́ть воды́ живя́щей, в друго́й говоря́щей.

Соро́ка слета́ла, принесла́ во́ду. Сбры́знули де́ток водо́ю — они́ встрепену́лись, сбры́знули говоря́щей — они́ заговори́ли.

И ста́ла у кня́зя це́лая семья́, и ста́ли все жить-пожива́ть, добро́ нажива́ть, ху́до забыва́ть.

А ве́дьму привяза́ли к лошади́ному хвосту́, размы́кали по́ полю: где отвори́лась нога́ — там ста́ла кочерга́, где рука́ — там гра́бли, где голова́ — там куст да коло́да; налете́ли пти́цы — мя́со клева́ли, подняли́сь ве́тры — ко́сти размета́ли, и не оста́лось от неё ни следа́, ни па́мяти!

Вопро́сы к те́ксту

    3.1   О чём поёт кня́зю у́точка?

    3.2   Как князь узна́л свою́ жену́?

    3.3   Каку́ю роль в э́той ска́зке игра́ет соро́ка?

    3.4   Как и́ли чем оживи́ли дете́й?

    3.5   Что случи́лось с ве́дьмой?

    3.6   Зако́нчилась ли ска́зка так, как вы ожида́ли?

    3.7   Дово́льны ли вы тем, чем зако́нчилась ска́зка? Почему́, и́ли почему́ нет?

По́сле чте́ния

Упражне́ния

I.   **Предсказа́ние.** Refer back to the prereading exercise in which you wrote what you thought would happen in the tale. Did any of your predictions come true? Working with a partner, discuss in Russian which of your predictions came true and which did not.

---

11. **кра́сный**—in contemporary Russian means *red*, but **кра́сный** originally meant *beautiful*. For example, Moscow's **Кра́сная пло́щадь** (Red Square) originally meant *beautiful square*.

II. **Ве́рно (+) и́ли неве́рно (−)?**

1. _____ Кня́зю на́до бы́ло уе́хать надо́лго.

2. _____ Княги́ня не пла́кала, когда́ князь уе́хал.

3. _____ Ве́дьма купа́лась в реке́.

4. _____ Ве́дьма наде́ла пла́тье княги́ни.

5. _____ Заморы́шек знал, что ве́дьма хоте́ла уби́ть его́.

6. _____ Ве́дьма не собира́лась убива́ть дете́й.

7. _____ Князь слы́шал, как у́точка пе́ла и приказа́л, что́бы пойма́ли у́точку.

8. _____ Заморы́шек принёс во́ду.

9. _____ Не оста́лось от ве́дьмы ни следа́, ни па́мяти.

10. _____ У кня́зя тепе́рь тро́е дете́й.

III. **Кто говори́т сле́дующие фра́зы? Кому́?** Identify who says the following quotes and to whom. Remember to use the dative case for the person to whom the quote is addressed: бе́лая у́точка, княги́ня, ве́дьма, заморы́шек, князь.

Кто?		Кому́?
1.	«Вода́ студёная — так и пле́щет, не скупа́ться ли нам здесь»	1.
2.	«Ох, не ходи́те туда́, де́ти»	2.
3.	«Мы спим-не спим, ду́му ду́маем, что хотя́т нас всех поре́зать»	3.
	«Пойма́йте мне бе́лую у́точку»	
4.	«Э́то тебе́ чу́дится»	4.

IV. **Упражне́ние. Ко́свенная речь.** Transform the direct quotations from the previous exercise into indirect speech. Keep in mind that requests and demands require the use of **что́бы** followed by past-tense verb forms. Quotations that are statements require the use of **что**. Look at the examples below and explain the use of **что́бы** and **что**, then transform the quotations from above into indirect speech.

Direct speech: «Пойма́йте мне бе́лую у́точку».
Indirect speech: Князь хо́чет, **что́бы** пойма́ли ему́ бе́лую у́точку.

Direct speech: «Скупа́ться не беда́».
Indirect speech: Ве́дьма сказа́ла княги́не, **что** скупа́ться не беда́.

V. **Поря́док собы́тий.** Put the following events from the story in order. Omit any events that did not happen in the story.

_____ Замо́рышек не спал и сказа́л ве́дьме, что никто́ не спит.

_____ Де́точки вы́росли и на́чали гуля́ть о́коло кня́жьего двора́.

_____ Из пе́сни у́точки князь по́нял, что ве́дьма не его́ жена́.

_____ Бе́лая у́точка родила́ трои́х дете́й.

_____ Ве́дьму забы́ли и все ста́ли жить-пожива́ть.

_____ Ве́дьма уговори́ла княги́ню купа́ться.

_____ Оживи́ли дете́й живя́щей и говоря́щей водо́й.

_____ У́точка подплыла́ к двору́ и запе́ла.

_____ Одна́жды ве́дьма пригласи́ла дете́й к себе́, и они́ засну́ли по́сле у́жина.

_____ Ве́дьма узна́ла, что де́точки не спа́ли, несмотря́ на слова́ замо́рышка. Пото́м она́ их всех уби́ла.

_____ Кня́зю на́до бы́ло надо́лго уе́хать.

_____ Ве́дьма хоте́ла дете́й уби́ть, когда́ они́ спа́ли.

_____ Когда́ княги́ня пры́гнула в во́ду, ве́дьма преврати́ла её в бе́лую у́точку.

_____ К княги́не пришла́ стару́ха, кото́рая была́ на са́мом де́ле ве́дьма.

_____ Одна́ прекра́сная княги́ня вы́шла за́муж за кня́зя.

_____ Князь ду́мал, что ве́дьма — его́ жена́.

VI. Вопро́сы для обсужде́ния

1. Хорошо́ ли быть княги́ней? Почему́?

2. Какова́ мора́ль в э́той ска́зке?

3. Како́й персона́ж вам бо́льше всего́ нра́вится? Почему́?

4. Како́й персона́ж вам ме́ньше всего́ нра́вится? Почему́?

5. Как вы ду́маете, почему́ ве́дьма так поступи́ла?

VII. Разыгра́йте

1. Working in pairs, imagine that one of you is the princess and one of you is the witch. Write a dialogue in which the witch tries to convince the princess to leave her room, go for a walk, go swimming, and so on, and the princess tries to decline her suggestions. Your dialogue should have at least five requests and responses.

2. Imagine you are an investigative journalist who believes in the witch's innocence. Working with a partner, create an interview in which the journalist asks the witch at least five questions to find out the witch's side of the story.

3. Imagine that the witch survived her punishment. She proclaims her innocence and decides to press charges against the prince and princess for personal and financial damages. Working in groups, one side will be the defendants (prince, princess) and one side will be the plaintiff (witch). Make sure to call witnesses for the defense and the prosecution. Each side should come up with at least five arguments for their side of the case. Your instructor will act as judge and moderator.

VIII. Упражне́ние.
In the tale, «князь до́лго угова́ривал княги́ню не покида́ть те́рема» (For a long time the prince convinced the princess not to leave the palace). Say the following people are convincing others to do the listed activities using the verb **угова́ривать/уговори́ть**. Note that the imperfective form means "try to convince" while the perfective form means "to convince."

Complete the exercise in the present tense using the imperfective and in the past tense using the perfective. Explain the difference in meaning depending on the verb's aspect.

Образе́ц: ма́ма / сын / убра́ть ко́мнату
Ма́ма угова́ривает сы́на убра́ть ко́мнату.
Ма́ма уговори́ла сы́на убра́ть ко́мнату.

1. сестра́ / брат / игра́ть в ка́рты
2. дочь / ма́ма / ходи́ть в похо́д
3. мы / учи́тель / говори́ть гро́мче
4. я / Та́ня / танцева́ть на дискоте́ке
5. вы / студе́нты / бо́льше рабо́тать
6. они́ / меха́ник / чини́ть маши́ну
7. ты / роди́тели / гото́вить у́жин
8. студе́нт / он / говори́ть гро́мче

IX. **Упражне́ние.** The witch wants to become a princess, «стать княги́ней». What do the following people want to become?

Remember: **стать + кем (instrumental)**

Образе́ц: брат / архите́ктор
Брат хо́чет стать архите́ктором.

1. Пе́тя / худо́жник
2. Ната́ша / врач
3. мы / учи́тельницы
4. я / преподава́тель
5. вы / медсестра́
6. они́ / аспира́нты
7. она́ / актри́са
8. ты / судья́
9. он / поли́тик

X. **Упражне́ние.** Using the verbs below, fill in the blanks to summarize what happened in the first part of the fairy tale. Refer back to the prereading exercises to check your conjugation of the verbs. Make all the necessary grammatical (agreement and aspect) changes. Note: not all verbs will be used.

<u>Verb bank</u>: жени́ться, хохота́ть, сиде́ть, угова́ривать, спра́шивать, люби́ть, ненави́деть, отгова́ривать, пла́кать, встать

Оди́н князь _____(married) на прекра́сной княжне́. Они́ _____(loved) друг дру́га, ча́сто _____ (sat) вме́сте и разгова́ривали. Когда́ княги́ня говори́ла, князь ча́сто _____ (laughed). Но одна́жды, кня́зю на́до бы́ло уе́хать, покида́ть жену́.

Княги́ня мно́го _____(cried), не зна́ла как жить без му́жа. Князь до́лго _____ (convinced) её не покида́ть те́рема. Княги́ня обеща́ла всё испо́лнить.

Пришла́ ве́дьма, кото́рая _____ (hated) княги́ню. Она́ мно́го раз _____(asked) княги́ню, не хо́чет ли она́ скупа́ться. Княги́ня поду́мала и реши́ла, что скупа́ться не беда́! Ве́дьма _____(stood up) и уда́рила княги́ню по спине́. Княги́ня ста́ла у́точкой!

XI. Упражне́ние. The prince tells the princess many things she should ***not*** do while he is away. Here is a list she wrote of things he should ***not*** do while he is away. Note: use imperfective aspect with negative commands.

Образе́ц: *Не слу́шай му́зыку!*

1. Не _____ (sing silly songs)!

2. Не _____ (smoke cigarettes)!

3. Не _____ (speak with strangers)!

4. Не _____ (swim in the river)!

5. Не _____ (cry)!

6. Не _____ (eat fatty food)!

7. Не _____ (play cards)!

8. Не _____ (play the guitar)!

9. Не _____ (speak loudly)!

10. Не _____ (drink wine)!

XII. Письмо́

1. Imagine that you are the princess at the beginning of the folktale. Write a letter to the prince explaining what you have been doing while he has been away. Make sure to give a detailed account of your morning, afternoon, and evening activities.

2. Imagine you are the prince. Write a letter to the princess and explain to her what you have seen and done while on your travels to a distant land.

3. Imagine you are the witch. It turns out that you survived the ordeal and now want to tell your side of the story. Explain your reasons for changing the princess into a duck.

4. Imagine you are the prince and have been asked to go on another trip. Write a response explaining why you will or will not go.

5. Imagine you are the prince or princess and your children have grown up. Explain to them what happened when they were young. Give them advice based on your experiences.

6. Retell the events of the folktale from the point of view of the littlest duckling. Use the following expressions to organize your story: **снача́ла, пото́м, когда́, наконе́ц, в то вре́мя как, как оказа́лось, по́сле э́того**.

7. On the one hand, many people argue that we should not read original fairy tales because they contain gender and other stereotypes. However, many specialists maintain that original fairy tales are important because they contain pertinent information about history and society. Write an essay in which you explain your point of view. Include examples from the tales you know.

XIII. Дополни́тельный материа́л

1. Search online for a cartoon adaptation of **«Бе́лая у́точка»**. Working on your own or in groups, decide how the cartoon version you found compares with the one you read. What are the similarities or differences between the written text and the cartoon? Which version do you prefer? Why?

2. Search online for illustrations of the tale. To get your search started, try looking for **«Бе́лая у́точка»**. Find a picture that shows the characters together. Write out a description of what you think is happening in the picture. Share your picture and description with a classmate.

3. Create a "director's cut" (**режиссёрская ве́рсия**) of the fairy tale. Imagine a scene that is not included in the fairy tale but that could have happened. Write a script for your missing scene and film it for your classmates and instructor. Be ready to explain why you made the choices you did.

Царе́вна-лягу́шка
The Frog Princess

Пе́ред чте́нием

Упражне́ния

A. Описа́ние

1. *Which of the following adjectives describe a frog* (**лягу́шка**)? *What about a frog princess* (**царе́вна-лягу́шка**)?

жёлтая	му́драя	зелёная
сме́лая	огро́мная	тала́нтливая
благоро́дная	прия́тная	засте́нчивая

2. *Which of the following adjectives describe a prince* (**царе́вич**)?

глу́пый	краси́вый	у́мный
сме́лый	прия́тный	благоро́дный
хра́брый	засте́нчивый	трусли́вый

3. *The death of Koshchei the Immortal* (**Кощей Бессме́ртный**) *is hidden inside various objects organized from smallest to largest. Use the given nouns to fill in the blanks. Refer to the English translation below the passage when necessary. Pay attention to case.*

   за́яц дуб игла́ у́тка сунду́к яйцо́

   Его́ смерть на конце́ иглы́, та _____ в _____, _____ в _____, у́тка в _____, тот _____ сиди́т в ка́менном _____, а _____ стои́т на высо́ком дубу́, и тот _____ Кощей Бессме́ртный, как свой глаз, бережёт.

   His death is on the end of a needle, that needle is in an egg, the egg is in a duck, the duck is in a hare, the hare is sitting in a stone trunk, and the trunk is in a tall oak tree, and Koshchei guards that oak tree like his own eye.

Б. **Но́вые слова́.** Find words in the first two columns that have similar roots. Translate the words in both columns into English. Identify the part of speech of the words in column two.

		Part of Speech
Column 1	**Column 2**	**Column 2**
стрела́—	пирова́ть—	
благослове́ние—	золото́й—	
купи́ть—	стреля́ть—	
лягу́шка—	лягу́шечий—	
пир—	ночева́ть—	
хи́трый—	купе́ц/ купе́ческий—	
зо́лото—	благослови́ть—	
ночь—	хи́трость—	

В. **Вопро́сы для обсужде́ния**

1. В э́той ска́зке лягу́шка не́сколько раз говори́т царе́вичу, что «у́тро ве́чера мудрене́е». Что означа́ет э́та посло́вица? Есть ли англи́йский эквивале́нт?

2. Приходи́лось ли вам чита́ть ска́зку, в кото́рой была́ лягу́шка? Каку́ю роль она́ игра́ла в ней?

3. Вы лю́бите лягу́шек? Почему́, и́ли почему́ нет?

4. Вы бои́тесь лягу́шек? Почему́, и́ли почему́ нет?

Г. **Но́вые слова́.** In this tale three brothers get married. Examine the following vocabulary regarding weddings and marriage.[12]

благослове́ние—blessing
выходи́ть/вы́йти за́муж (за кого́)—(*for women*) to get married
    Наприме́р: Она́ выхо́дит за́муж за люби́мого дру́га. (She's marrying her best friend.)
жени́ть (кого́ + на ком)—to arrange a marriage
    Наприме́р: Оте́ц жени́л сы́на на прия́тной де́вушке. (The father married [his] son to a nice girl.)
жени́ться (на ком)—(*for men*) to get married
    Наприме́р: Он жени́лся на ней. (He married her.)
жени́х—groom
пожени́ться—to get married (said for a couple)
неве́ста—bride
неве́стка—daughter-in-law
он жена́т (на ком)—he is married
она́ за́мужем (за кем)—she is married
сва́дьба—wedding

Запо́лните про́пуски. Fill in the blanks in the sentences below with one of the words from the list above. Watch for subject/verb and case agreement.

1. Бори́с не был _____ (married).

2. Мой брат _____ (got married) на молодо́й де́вушке.

3. В про́шлом году́ Лари́са _____ (got married to a wonderful man).

4. Обы́чно _____ (bride and groom) путеше́ствуют по́сле сва́дьбы.

5. Что лу́чше, больша́я и́ли ма́ленькая _____ (wedding)?

6. Как вы ду́маете, должны́ ли роди́тели дать _____ (blessing), когда́ дочь выхо́дит за́муж и́ли сын же́нится?

---

12. Traditionally speaking, Russian vocabulary for marriages and weddings is heteronormative. For discussing unions and matrimony among members of the LGBTQ community, speakers can use the following gender neutral terms: пожени́ться (to get married); заключи́ть брак (to tie the knot, to get married). For more information on gender and sexuality in Russian and Slavic culture see Stulhofer and Sperling.

Д. **Вопро́сы для обсужде́ния**

1. Хоти́те ли вы жени́ться и́ли вы́йти за́муж? Если да, то каку́ю сва́дьбу вы бы хоте́ли?

2. Должны́ ли неве́сты и женихи́ получи́ть благослове́ние от роди́телей? Почему́?

3. Кто до́лжен плати́ть за сва́дьбу? Почему́?

4. Каки́е пода́рки обы́чно да́рят на сва́дьбу? Почему́?

5. Вы когда́-нибудь бы́ли на сва́дьбе? Расскажи́те о том, что происходи́ло на сва́дьбе.

6. Ча́сто ли быва́ют сва́дьбы в ска́зках? Где: в нача́ле, в середи́не, в конце́? Почему́?

7. Кто обы́чно же́нится в ска́зках?

8. Как обы́чно выбира́ют неве́сту и́ли жениха́ в ска́зках? А в настоя́щей жи́зни? Как лу́чше?

9. Хоте́ли бы вы жени́ться на царе́вне? Хоте́ли бы вы вы́йти за́муж за царе́вича? Почему́, и́ли почему́ нет?

10. Кто ваш идеа́льный партнёр по жи́зни?

Е. **Культу́ра**

Society in Prerevolutionary Russia

This story features various classes of prerevolutionary Russian society. Read about the different classes below and note where they appear in the fairy tale as you read.

боя́рин (pl. боя́ре)—	boyar; a member of the highest rank of feudal aristocracy
князь (pl. князья́)—	prince, duke
купе́ц (pl. купцы́)—	merchant; one who sells various commodities
царь (pl. цари́)—	tsar; title designates Russian monarchs
царе́вич (pl. царе́вичи)—	title given to tsars' sons

The Peasant Hut

Although no peasant (крестья́нин) plays a role in this tale, the typical peasant house, **изба́**,[13] is mentioned. The tsar speaks about a **чёрная изба́**, which was a type of peasant hut that did not have an internal chimney. Because the smoke was released directly into the hut, it made the walls and roof black as the smoke exited through a hole in the roof or the open door.

Baba-Yaga's Hut

Ба́ба-яга́ frequently appears in Russian fairy tales. She often provides heroes and heroines with vital information or items they need on their journey. However, she can prove dangerous; at times she may threaten characters with torture or death. She is particularly well known for her hut, which stands on chicken legs and can rotate.

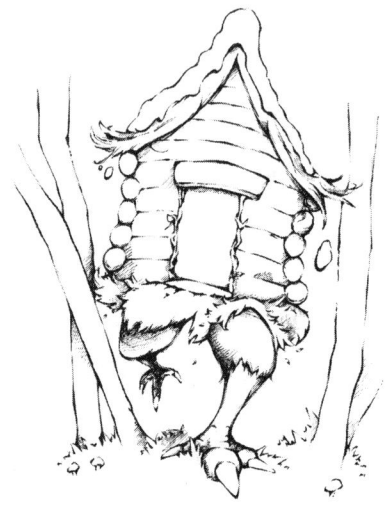

Чте́ние

Царе́вна-лягу́шка
The Frog Princess

Часть 1

В ста́рые го́ды у одного́ царя́ бы́ло три сы́на. Вот, когда́ сыновья́ ста́ли на во́зрасте, царь собра́л их и говори́т:

— Сынки́ мои́ любе́зные, поку́да я ещё не стар, мне охо́та бы вас жени́ть,[14] посмотре́ть на ва́ших де́точек, на мои́х внуча́т.

Сыновья́ отцу́ отвеча́ют:

— Так что ж, ба́тюшка, благослови́. На ком тебе́ жела́тельно нас жени́ть?

— Вот что, сынки́, возьми́те по стреле́, выходи́те в чи́стое по́ле и стреля́йте: куда́ стре́лы упаду́т, там и судьба́ ва́ша.

---

13. See Gerhart and Boyle, *Russian's World*, 130–34, for a detailed explanation of the peasant house.
14. while I am still not old, I would like to marry you off

Царе́вна-лягу́шка

Сыновья́ поклони́лись отцу́, взя́ли по стреле́, вы́шли в чи́стое по́ле, натяну́ли лу́ки и вы́стрелили.

У ста́ршего сы́на стрела́ упа́ла на боя́рский двор, подняла́ стрелу́ боя́рская дочь. У сре́днего сы́на упа́ла стрела́ на ши́рокий купе́ческий двор, подняла́ её купе́ческая дочь.

А у мла́дшего сы́на, Ива́на-царе́вича, стрела́ подняла́сь и улете́ла, сам не зна́ет куда́. Вот он шёл, шёл, дошёл до боло́та, ви́дит — сиди́т лягу́шка, подхвати́ла его́ стрелу́. Ива́н-царе́вич говори́т ей:

— Лягу́шка, лягу́шка, отда́й мою́ стрелу́.

А лягу́шка ему́ отвеча́ет:

— Возьми́ меня́ за́муж!

— Что́ ты, как я возьму́ себе́ в жёны лягу́шку?

— Бери́ — знать, судьба́ твоя́ така́я.

Закручи́нился Ива́н-царе́вич. Де́лать не́чего, взял лягу́шку, принёс домо́й. Царь сыгра́л три сва́дьбы: ста́ршего сы́на жени́л на боя́рской до́чери, сре́днего — на купе́ческой, а несча́стного Ива́на-царе́вича — на лягу́шке.

A. **Кто говори́т сле́дующие фра́зы? Кому́?** Identify who says the following quotes and to whom. Remember to use the dative case for the person to whom the quote is addressed: царь, расска́зчик, Ива́н-царе́вич, лягу́шка, сыновья́.

	Кто?		Кому́?
1.1	«Возьми́те по стреле́, выходи́те в чи́стое по́ле и стреля́йте»	1.1	
1.2	«Он шёл, шёл, дошёл до боло́та, ви́дит — сиди́т лягу́шка»	1.2	
1.3	«Возьми́ меня́ за́муж»	1.3	
1.4	«Как я возьму́ себе́ в жёны лягу́шку»	1.4	
1.5	«Судьба́ твоя́ така́я»	1.5	

Вопро́сы к те́ксту

1.6 Почему́ царь хо́чет жени́ть свои́х сынове́й?

1.7 Как царь реша́ет, на ком жени́ть сынове́й?

1.8 На ком же́нится ста́рший сын? А сре́дний сын?

1.9 На ком же́нится Ива́н?

1.10 Почему́ Иван реши́л жени́ться на лягу́шке?

Часть 2

Вот царь позва́л сынове́й:
— Хочу́ посмотре́ть, кото́рая из ва́ших жён лу́чшая рукоде́льница. Пуска́й сошью́т к за́втрему по руба́шке.

Сыновья́ поклони́лись отцу́ и пошли́.

Ива́н-царе́вич прихо́дит домо́й, сел и го́лову пове́сил.

Лягу́шка по полу ска́чет, спра́шивает его́:
— Что́, Ива́н-царе́вич, го́лову пове́сил? Или го́ре како́е?
— Ба́тюшка веле́л тебе́ к за́втрему руба́шку ему́ сшить.

Лягу́шка отвеча́ет:
— Не тужи́, Ива́н-царе́вич, ложи́сь лу́чше спать, у́тро ве́чера мудрене́е.[15]

Ива́н-царе́вич лёг спать, лягу́шка пры́гнула на крыльцо́, сбро́сила с себя́ лягу́шечью ко́жу и оберну́лась Васили́сой Прему́дрой, тако́й краса́вицей, что и в ска́зке не расска́жешь.

Васили́са Прему́драя уда́рила в ладо́ши и кри́кнула:
— Ма́мки, ня́ньки, собира́йтесь, снаряжа́йтесь! Сше́йте мне к утру́ таку́ю руба́шку, каку́ю ви́дела я у моего́ родно́го ба́тюшки.

Ива́н-царе́вич у́тром просну́лся, лягу́шка опя́ть по полу ска́чет, а уж руба́шка лежи́т на столе́, заве́рнута в полоте́нце. Обра́довался Ива́н-царе́вич, взял руба́шку, понёс к отцу́. Царь в э́то вре́мя принима́л дары́ от больши́х сынове́й. Ста́рший сын разверну́л руба́шку, царь при́нял её и сказа́л:
— Э́ту руба́шку в чёрной избе́ носи́ть.

Сре́дний сын разверну́л руба́шку, царь сказа́л:
— В ней то́лько в ба́ню ходи́ть.

Ива́н-царе́вич разверну́л руба́шку, изукра́шенную зла́том-серебро́м, хи́трыми узо́рами. Царь то́лько взгляну́л:
— Ну, вот э́то руба́шка — в пра́здник её надева́ть.

Пошли́ бра́тья по дома́м — те дво́е — и су́дят ме́жду собо́й:
— Нет, ви́дно, мы напра́сно смея́лись над жено́й Ива́на-царе́вича: она́ не лягу́шка, а кака́я-нибудь колду́нья...

---

15. the morning is wiser than the evening—a common Russian saying implying that one should think (and rest) a little before acting, similar to the expression "let's sleep on it"

A. **Кто говори́т сле́дующие фра́зы? Кому́?** Identify who says the following quotes and to whom. Remember to use the dative case for the person to whom the quote is addressed: царь, расска́зчик, бра́тья, Ива́н-царе́вич, лягу́шка.

	Кто?		**Кому́?**
2.1	«Пуска́й сошью́т к за́втрему по руба́шке»	2.1	
2.2	«Ба́тюшка веле́л тебе́ к за́втрему руба́шку ему́ сшить»	2.2	
2.3	«У́тро ве́чера мудрене́е»	2.3	
2.4	«Она́ не лягу́шка, а кака́я-нибу́дь колду́нья»	2.4	

Вопро́сы к те́ксту

2.5 Почему́ царь хо́чет, что́бы неве́стки сши́ли ему́ руба́шки?

2.6 Почему́ Ива́н-царе́вич пришёл домо́й и гру́стно пове́сил го́лову?

2.7 Кто лягу́шка на са́мом де́ле? Отку́да мы зна́ем?

2.8 Понра́вились ли царю́ руба́шки?

2.9 Почему́ бра́тья ду́мают, что жена́ Ива́на-царе́вича «не лягу́шка, а кака́я-нибу́дь колду́нья»?

Часть 3

Царь опя́ть позва́л сынове́й:

— Пуска́й ва́ши жёны испеку́т мне к за́втрему хлеб. Хочу́ узна́ть, кото́рая лу́чше стря́пает.

Ива́н-царе́вич го́лову пове́сил, пришёл домо́й.

Лягу́шка его́ спра́шивает:

— Что закручи́нился?

Он отвеча́ет:

— На́до к за́втрему испе́чь царю́ хлеб.

— Не тужи́, Ива́н-царе́вич, лу́чше ложи́сь спать, у́тро ве́чера мудрене́е.

А те неве́стки сперва́-то смея́лись над лягу́шкой, а тепе́рь посла́ли одну́ ба́бушку-задво́ренку посмотре́ть, как лягу́шка бу́дет печь хлеб.

Лягу́шка хитра́, она́ э́то смекну́ла. Замеси́ла квашню́, печь све́рху разлома́ла да пря́мо туда́, в дыру́, всю квашню́ и опроки́нула.[16] Ба́бушка-задво́ренка прибежа́ла к ца́рским неве́сткам, всё рассказа́ла, и те так же ста́ли де́лать.

А лягу́шка пры́гнула на крыльцо́, оберну́лась Васили́сой Прему́дрой, уда́рила в ладо́ши:

---

16. she kneaded the dough, smashed a hole in the stove from the top, and dumped the entire tub of dough directly into the hole

— Мамки, няньки, собирайтесь, снаряжайтесь! Испеките мне к утру мягкий белый хлеб, какой я у моего родного батюшки ела.

Иван-царевич утром проснулся, а уж на столе лежит хлеб, изукрашен разными хитростями: по бокам узоры печатные, сверху города с заставами.

Иван-царевич обрадовался, завернул хлеб в полотенце, понёс к отцу. А царь в то время принимал хлебы от больших сыновей. Их жёны-то поспускали тесто в печь, как им бабушка-задворенка сказала, и вышла у них одна горелая грязь. Царь принял хлеб от старшего сына, посмотрел и отослал в людскую. Принял от среднего сына и туда же отослал. А как подал Иван-царевич, царь сказал:

— Вот это хлеб, только в праздник его есть.

И приказал царь трём своим сыновьям, чтобы завтра явились к нему на пир вместе с жёнами.

Вопросы к тексту

3.1 Что невестки должны были испечь?
3.2 Почему невестки послали бабушку-задворенку к лягушке?
3.3 Почему у невесток получилась только горелая грязь, когда они пекли хлеб?
3.4 Почему царю понравился хлеб, который лягушка испекла?
3.5 Что приказал царь своим сыновьям?

Часть 4

Опять воротился Иван-царевич домой невесел, ниже плеч голову повесил. Лягушка по полу скачет:

— Ква, ква, Иван-царевич, что закручинился? Или услыхал от батюшки слово неприветливое?

— Лягушка, лягушка, как мне не горевать! Батюшка наказал, чтобы я пришёл с тобой на пир, а как я тебя людям покажу?

Лягушка отвечает:

— Не тужи, Иван-царевич, иди на пир один, а я вслед за тобой буду. Как услышишь стук да гром, не пугайся. Спросят тебя, скажи: «Это моя лягушонка в коробчонке едет».

Иван-царевич и пошёл один. Вот старшие братья приехали с жёнами, разодетыми, разубранными, нарумяненными, насурьмлёнными. Стоят да над Иваном-царевичем смеются:

— Что же ты без жены пришёл? Хоть бы в платочке её принёс.[17] Где ты такую красавицу выискал? Чай, всё болото исходил.

Царь с сыновьями, с невестками, с гостями сели за столы дубовые, за скатерти браные — пировать. Вдруг поднялся стук да гром, весь дворец затрясся. Гости напугались, повскакали с мест, а Иван-царевич говорит:

— Не бойтесь, честные гости: это моя лягушонка в коробчонке приехала.

---

17. you could have at least brought her in a handkerchief

Подлете́ла к ца́рскому крыльцу́ золочёная каре́та о шести́ бе́лых лошадя́х, и выхо́дит отту́да Васили́са Прему́драя: на лазо́ревом пла́тье — ча́стые звёзды, на голове́ — ме́сяц я́сный, така́я краса́вица — ни взду́мать, ни взгада́ть, то́лько в ска́зке сказа́ть. Берёт она́ Ива́на-царе́вича за́ руку и ведёт за столы́ дубо́вые, за ска́терти бра́ные.

Ста́ли го́сти есть, пить, весели́ться. Васили́са Прему́драя испила́ из стака́на да после́дки себе́ за ле́вый рука́в вы́лила. Закуси́ла ле́бедем да ко́сточки за пра́вый рука́в бро́сила.

Жёны бо́льших царе́вичей увида́ли её хи́трости и дава́й то же де́лать.[18]

Попи́ли, пое́ли, наста́л черёд пляса́ть. Васили́са Прему́драя подхвати́ла Ива́на-царе́вича и пошла́. Уж она́ пляса́ла, пляса́ла, верте́лась, верте́лась — всем на ди́во.[19] Махну́ла ле́вым рукаво́м — вдруг сде́лалось о́зеро, махну́ла пра́вым рукаво́м — поплы́ли по о́зеру бе́лые ле́беди. Царь и го́сти ди́ву дали́сь.

А ста́ршие неве́стки пошли́ пляса́ть: махну́ли рукаво́м — то́лько госте́й забры́згали, махну́ли други́м — то́лько ко́сти разлете́лись, одна́ кость царю́ в глаз попа́ла. Царь рассерди́лся и прогна́л обе́их неве́сток.

В ту по́ру Ива́н-царе́вич отлучи́лся потихо́ньку, побежа́л домо́й, нашёл там лягу́шечью ко́жу и бро́сил её в печь, сжёг на огне́.

Васили́са Прему́драя возвраща́ется домо́й, хвати́лась — нет лягу́шечьей ко́жи. Се́ла на ла́вку, запеча́лилась, приуны́ла и говори́т Ива́ну-царе́вичу:

— Ах, Ива́н-царе́вич, что́ же ты наде́лал! Е́сли бы ты ещё то́лько три дня подожда́л, я бы ве́чно твое́й была́. А тепе́рь проща́й. Ищи́ меня́ за три́девять земе́ль, в тридеся́том ца́рстве, у Коще́я Бессме́ртного...[20]

Оберну́лась Васили́са Прему́драя се́рой куку́шкой и улете́ла в окно́.

Вопро́сы к те́ксту

  4.1 Почему́ Ива́н не хо́чет идти́ на пир?

  4.2 Почему́ неве́стки смею́тся над Ива́ном-царе́вичем?

  4.3 Что происхо́дит на пиру́?

  4.4 Го́сти слы́шат шум. Что э́то?

  4.5 Почему́ го́сти удиви́лись, когда́ жена́ Ива́на пришла́ на пир?

  4.6 Почему́ неве́стки де́лают то, что де́лает Васили́са?

  4.7 Куда́ ухо́дит Ива́н-царе́вич во вре́мя пира́? Что он там де́лает?

  4.8 Почему́ Васили́са загрусти́ла? Что с ней пото́м произошло́? Почему́?

  4.9 Как вы ду́маете, чем зако́нчится э́та ска́зка? Найдёт ли Ива́н свою́ жену́? Где?

---

18. started to do the same

19. all wondered at it (Vasilisa's dancing)

20. look for me in the thrice-ninth land, in the thrice-tenth kingdom of Koshchei the Immortal

Часть 5

Ива́н-царе́вич попла́кал, попла́кал, поклони́лся на четы́ре сто́роны и пошёл куда́ глаза́ глядя́т — иска́ть жену́, Васили́су Прему́друю. Шёл он бли́зко ли, далеко́ ли, до́лго ли, ко́ротко ли,[21] сапоги́ проноси́л, кафта́н истёр, шапчо́нку до́ждик иссёк. Попада́ется ему́ навстре́чу ста́рый старичо́к.

— Здра́вствуй, до́брый мо́лодец! Что и́щешь, куда́ путь де́ржишь?[22]

Ива́н-царе́вич рассказа́л ему́ про своё несча́стье. Ста́рый старичо́к говори́т ему́:

— Эх, Ива́н-царе́вич, заче́м ты лягу́шечью ко́жу спали́л? Не ты её наде́л, не тебе́ её бы́ло снима́ть. Васили́са Прему́драя хитре́й, мудре́ней своего́ отца́ уроди́лась. Он за то осерча́л на неё и веле́л ей три го́да быть лягу́шкой. Ну, де́лать не́чего, вот тебе́ клубо́к: куда́ он пока́тится, туда́ и ты ступа́й за ним сме́ло.

Ива́н-царе́вич поблагодари́л ста́рого старичка́ и пошёл за клубо́чком. Клубо́к ка́тится, он за ним идёт. В чи́стом по́ле попада́ется ему́ медве́дь. Ива́н-царе́вич наце́лился, хо́чет уби́ть зве́ря. А медве́дь говори́т ему́ челове́ческим го́лосом:

— Не бей меня́, Ива́н-царе́вич, когда́-нибудь тебе́ пригожу́сь.

Ива́н-царе́вич пожале́л медве́дя, не стал его́ стреля́ть, пошёл да́льше. Глядь, лети́т над ним се́лезень. Он наце́лился, а се́лезень говори́т ему́ челове́ческим го́лосом:

— Не бей меня́, Ива́н-царе́вич, я тебе́ пригожу́сь.

Он пожале́л селезня́ и пошёл да́льше. Бежи́т косо́й за́яц. Ива́н-царе́вич опя́ть спохвати́лся, хо́чет в него́ стреля́ть, а за́яц говори́т ему́ челове́ческим го́лосом:

— Не убива́й меня́, Ива́н-царе́вич, я тебе́ пригожу́сь.

Пожале́л он за́йца, пошёл да́льше. Подхо́дит к си́нему мо́рю и ви́дит: на берегу́, на песке́, лежи́т щу́ка, едва́ ды́шит и говори́т ему́:

— Ах, Ива́н-царе́вич, пожале́й меня́, брось в си́нее мо́ре!

Вопро́сы к те́ксту

5.1 Почему́ Ива́ну гру́стно?
5.2 Куда́ отправля́ется Ива́н-царе́вич?
5.3 Кого́ Ива́н-царе́вич и́щет?
5.4 Как стари́к помога́ет Ива́ну?
5.5 Почему́ оте́ц преврати́л Васили́су в лягу́шку?
5.6 Как вы ду́маете, кто её оте́ц?
5.7 Каки́х живо́тных встреча́ет Ива́н? Почему́ он их не убива́ет?

---

21. whether he walked near or far, for a long time or a short time (standard indication of the passing of time during a journey in fairy tales)

22. where are you headed

Часть 6

Он бросил щуку в море, пошёл дальше берегом. Долго ли, коротко ли, прикатился клубочек к лесу. Там стоит избушка на курьих ножках, кругом себя поворачивается.

— Избушка, избушка, стань по-старому, как мать поставила: к лесу задом, ко мне передом.[23]

Избушка повернулась к нему передом, к лесу задом. Иван-царевич взошёл в неё и видит: на печи, на девятом кирпиче лежит Баба-яга костяная нога, зубы — на полке, а нос в потолок врос.

Баба-яга

— Зачем, добрый молодец, ко мне пожаловал? — говорит ему Баба-яга. — Дело пытаешь или от дела лытаешь?

Иван-царевич ей отвечает:

— Ах ты, старая хрычовка, ты бы меня прежде напоила, накормила, в бане выпарила, тогда бы и спрашивала.

Баба-яга его в бане выпарила, напоила, накормила, в постель уложила, и Иван-царевич рассказал ей, что ищет свою жену, Василису Премудрую.

— Знаю, знаю, — говорит ему Баба-яга, — твоя жена теперь у Кощея Бессмертного. Трудно её будет достать, нелегко с Кощеем сладить: его смерть на конце иглы, та игла в яйце, яйцо в утке, утка в зайце, тот заяц сидит в каменном сундуке, а сундук стоит на высоком дубу, и тот дуб Кощей Бессмертный, как свой глаз, бережёт.

Иван-царевич у Бабы-яги переночевал, и наутро она ему указала, где растёт высокий дуб. Долго ли, коротко ли, дошёл туда Иван-царевич, видит: стоит, шумит высокий дуб, на нём каменный сундук, а достать его трудно.

---

23. hut, hut, stand the old way, as your mother placed you: with your back to the forest and your front to me

Вдруг, откуда ни взялся,[24] прибежал медведь и выворотил дуб с корнем. Сундук упал и разбился. Из сундука выскочил заяц — и наутёк во всю прыть.[25] А за ним другой заяц гонится, нагнал и в клочки разорвал. А из зайца вылетела утка, поднялась высоко, под самое небо. Глядь, на неё селезень кинулся, как ударит её — утка яйцо выронила, упало яйцо в синее море...

Кощей Бессмертный

Тут Иван-царевич залился горькими слезами — где же в море яйцо найти!.. Вдруг подплывает к берегу щука и держит яйцо в зубах. Иван-царевич разбил яйцо, достал иголку и давай у неё конец ломать.[26] Он ломает, а Кощей Бессмертный бьётся, мечется. Сколько ни бился, ни метался Кощей — сломал Иван-царевич у иглы конец, пришлось Кощею помереть.

Иван-царевич пошёл в Кощеевы палаты белокаменные. Выбежала к нему Василиса Премудрая, поцеловала его в сахарные уста. Иван-царевич с Василисой Премудрой воротились домой и жили долго и счастливо до глубокой старости.

Вопросы к тексту

6.1 Кто такая Баба-яга? Где она живёт? Что мы знаем о её доме?

6.2 Опишите внешность Бабы-яги.

6.3 Какой секрет рассказывает Ивану Баба-яга?

6.4 Как животные помогают Ивану-царевичу? Почему?

6.5 Как Иван-царевич победил Кощея?

6.6 Что значит «бессмертный»? Бессмертен ли Кощей на самом деле?

6.7 Где Иван нашёл свою жену?

---

24. out of nowhere

25. took off at full speed

26. started to break its tip

После чтения

Упражнения

I. **Кто говорит следующие фразы? Кому?** Identify who says the following quotes and to whom. Remember to use the dative case for the person to whom the quote is addressed: щука, Иван-царевич, Баба-яга, старичок, царь, Василиса Премудрая.

	Кто?		Кому?
1.		«Зачем, добрый молодец, ко мне пожаловал»	1.
2.		«Делать нечего, вот тебе клубок: куда он покатится, туда и ты ступай за ним смело»	2.
3.		«Ищи меня за тридевять земель, в тридесятом царстве, у Кощея Бессмертного»	3.
4.		«Вот это хлеб, только в праздник его есть»	4.
5.		«Что же ты без жены пришёл? Хоть бы в платочке её принёс»	5.
6.		«Ах, Иван-царевич, пожалей меня, брось в синее море»	6.

II. **Упражнение. Косвенная речь.** Transform the direct quotations from the previous exercise into indirect speech. Keep in mind that requests and demands require the use of **чтобы** followed by past-tense verb forms. Quotations that are statements require the use of **что**. Look at the examples below and explain the use of **чтобы** and **что** before transforming the quotations from above into indirect speech.

Direct speech: «Пускай сошьют к завтрему по рубашке».
Indirect speech: Царь хочет, **чтобы** они сшили к завтрему по рубашке.

Direct speech: «Утро вечера мудренее».
Indirect speech: Лягушка сказала Ивану, **что** утро вечера мудренее.

III. Поря́док собы́тий. Put the following events from the story in order. Omit any events that did not happen in the story.

_____ Ива́н-царе́вич броса́ет лягу́шечью ко́жу в печь.

_____ Царь хо́чет, что́бы неве́стки испекли́ ему́ хлеб.

_____ Ива́н-царе́вич нахо́дит лягу́шку.

_____ Коще́й Бессме́ртный умира́ет.

_____ Старичо́к даёт Ива́ну-царе́вичу клубо́к.

_____ Царь хо́чет жени́ть свои́х сынове́й.

_____ Ива́н-царе́вич встреча́ет ра́зных живо́тных.

_____ Сыновья́ стреля́ют из лу́ка.

_____ Сёстры приглаша́ют лягу́шку на чай.

_____ Живо́тные помога́ют Ива́ну-царе́вичу.

_____ Ба́ба-яга́ расска́зывает Ива́ну-царе́вичу секре́т.

_____ Ива́н-царе́вич же́нится на лягу́шке.

_____ Ива́н-царе́вич и Васили́са Прему́драя целу́ются.

IV. Портре́т Васили́сы Прему́дрой. Посмотри́те на портре́т Васили́сы. Как она́ вы́глядит? Напиши́те как ми́нимум пять предложе́ний о ней.

V. Описа́ние хара́ктера

1. Опиши́те хара́ктер Ива́на-царе́вича. Како́й он по хара́ктеру?

2. Опиши́те хара́ктер Васили́сы Прему́дрой. Кака́я она́ по хара́ктеру?

3. Кто са́мый неприя́тный персона́ж в э́той ска́зке? Почему́?

VI. Вопро́сы для обсужде́ния

1. Вам нра́вится э́та ска́зка? Почему́, и́ли почему́ нет?

2. Какова́ мора́ль в э́той ска́зке?

3. Како́й персона́ж вам бо́льше всего́ нра́вится? Почему́?

4. Как вам ка́жется, почему́ Васили́су называ́ют «Прему́дрой»?

5. Обы́чно называ́ют Ба́бу-ягу́ ве́дьмой. Похо́жа ли Ба́ба-яга́ на други́х ведьм?

6. Каку́ю роль в э́той ска́зке игра́ют живо́тные?

7. Как вы ду́маете, кто геро́й э́той ска́зки? Почему́?

VII. Согла́сны ли вы? Почему́? Read the following opinions and explain whether you agree with the expressed point of view. Give examples to prove your point. Use the following phrases to structure your answers: **я согла́сен / согла́сна; во-пе́рвых; во-вторы́х; мне ка́жется; по-мо́ему; не секре́т, что. . .; с одно́й стороны́ / с друго́й стороны́; мно́гие счита́ют, что. . .**

1. То́лько де́ти чита́ют ска́зки.

2. В ка́ждой ска́зке есть мора́ль.

3. В ска́зках нет си́льных же́нских персона́жей.

4. В ска́зках живо́тные умне́е люде́й.

5. Ска́зки пока́зывают настоя́щую жизнь.

6. Са́мая популя́рная ска́зка в Аме́рике — «Зо́лушка».

7. В Аме́рике зна́ют то́лько ве́рсии ска́зок Ди́снея.

VIII. Разыгра́йте

1. Compose a dialogue in which the frog tries to convince a reluctant Ivan to marry her. Include four reasons why he should marry the frog.

2. Working in groups, use the following list of objects, people, and places to create a short fairy tale of your own.

Предме́т	Персона́ж	Ме́сто
хлеб	царе́вна	дом
стрела́	царе́вич	дворе́ц
коро́бка	щу́ка	лес
пла́тье	медве́дь	боло́то
коло́дец	Ба́ба-яга́	мост
волше́бная па́лочка	оте́ц	го́род
игла́	руса́лка	ку́хня
сунду́к	ле́бедь	те́рем
яйцо́	старичо́к	о́зеро

3. Imagine that you are Vasilisa or Ivan and that you just ran into an old friend. Compose a dialogue in which the friend asks how you met your new spouse, what your family thought about him or her, and what happened after you were married.

IX. **Упражне́ние. Ко́свенная речь.** Transform the following direct quotations into indirect speech. The speaker and person to whom the speech is directed (in the dative) are given before the quotation. Keep in mind that in this case **что́бы** will be used because each of the direct statements is a command.

Direct speech: Царь сказа́л свои́м сыновья́м: «Возьми́те по стреле́».
Indirect speech: Царь сказа́л свои́м сыновья́м, **что́бы** они взя́ли по стреле́.

1. Ива́н-царе́вич сказа́л лягу́шке: «Отда́й мою́ стрелу́».

2. Лягу́шка сказа́ла Ива́ну: «Возьми́ меня́ за́муж!»

3. Царь сказа́л сыновья́м: «Пуска́й ва́ши жёны испеку́т мне хлеб».

4. Васили́са сказа́ла Ива́ну: «Ищи́ меня́ за три́девять земе́ль, в тридеся́том ца́рстве».

5. Медве́дь сказа́л Ива́ну: «Не бей меня́».

6. Ива́н сказа́л избу́шке Ба́бы-яги́: «Стань по-ста́рому, как мать поста́вила».

X. **Упражне́ние. Глаго́лы положе́ния: стоя́ть, висе́ть, лежа́ть.** When Ivan wakes up, «на столе́ лежи́т хлеб» (the bread is lying on the table). Use the verbs **лежа́ть**—to lie (он лежи́т, они́ лежа́т); **стоя́ть**—to stand (он стои́т, они́ стоя́т); **висе́ть**—to hang (он виси́т, они́ вися́т) to describe the positions of objects.

Образе́ц: гости́ная / дива́н
В гости́ной стои́т дива́н.

1. столо́вая / стол
2. спа́льня / карти́на
3. кабине́т / стул
4. ку́хня / холоди́льник
5. гости́ная / ковёр
6. столо́вая / сту́лья
7. дом / ико́ны
8. спа́льня / шкаф
9. ку́хня / плита́

XI. **Упражне́ние. Како́й у Ива́на-царе́вича дом?** Draw a picture of what you think the inside of Ivan and Vasilisa's home looks like. Use the verbs **стои́т/стоя́т, виси́т/вися́т, лежи́т/лежа́т** to describe items inside their house.

XII. Упражне́ние. Сравни́тельная сте́пень. Fill in the blanks with the appropriate comparative adjectives.

Образе́ц: *Ива́н-царе́вич — у́мный, а Васили́са умне́е.*

1. У неве́стки дом краси́вый, а у Васили́сы дом _____.

2. У Ива́на во́лосы дли́нные, а у Васили́сы во́лосы _____.

3. Ива́н весёлый, а Васили́са _____.

4. В ска́зке медве́дь ми́лый, а лягу́шка _____.

5. Ива́н — прия́тный челове́к, а Васили́са _____.

6. Ска́зка «Бе́лая у́точка» сло́жная, а «Царе́вна-лягу́шка» _____.

7. Царь — челове́к у́мный, а Ива́н _____.

8. Бра́тья Ива́на хи́трые, а Ива́н _____.

XIII. Письмо́

1. Retell the story from the point of view of Васили́са Прему́драя (the Russian word for a woman's father-in-law is **свёкор**).

2. Write the scene in which Koshchei tells Vasilisa she must live as a frog for three years. Include a detailed explanation from Koshchei as to why he is making her live as a frog. Make sure to include her reaction as well.

3. You are one of the animals from the tale. Explain how you helped Ivan and why.

4. Imagine Ivan and Vasilisa are putting together a guest list for their wedding. Write out their guest list and after each person or animal give a one-sentence explanation why you are inviting him or her.

5. What are the relationships between parents and children in this fairy tale? Are relationships between parents and children today similar to those portrayed in the tale?

6. How would you describe female characters in this tale or other folktales you have read? Are there any traits common to female characters, or is each one unique? Are there any kinds of female characters missing from the tales you have read? If so, why do you think that is?

7. In your opinion are Ivan and Vasilisa a good match? Why or why not? Support your argument with evidence from the tale.

8. What roles do animals play in the folktales you have read? In what ways are animals similar to, and different from, human characters?

XIV. Дополни́тельный материа́л

1. Search online for cartoon adaptations of «Царе́вна-лягу́шка». For example, you can find one from 1954 produced by the studio Союзмультфи́льм. Working on your own or in groups, decide how the cartoon version you found compares with the one you read. What are the similarities or differences between the written text and the cartoon? Which version do you prefer? Why?

2. Search online for illustrations of the tale. To get your search started, try looking for «Царе́вна-лягу́шка». Find a picture that shows the characters together. Write out a description of what you think is happening in the picture. Share your picture and description with a classmate.

3. Create a "director's cut" (**режиссёрская ве́рсия**) of the fairy tale. Imagine a scene that is not included in the fairy tale but that could have happened. Write out a script of your missing scene, then record it for your classmates and instructor. Be ready to explain why you made the choices you did.

По щу́чьему веле́нью
By the Pike's Command

Пе́ред чте́нием

Упражне́ния

А. **Предло́г «по».** *The preposition* **по** *can have several meanings, depending on the context. It can mean "along," "through," "across," "around (a place)," and "according to" and is used with the verb* **скуча́ть** *in the meaning "to miss." Find the preposition* **по** *in the following sentences from the tale «По щу́чьему веле́нью» and describe how it is used.*

1. Иду́т вёдра по дере́вне, наро́д диви́тся, а Еме́ля идёт сза́ди, посме́ивается.

2. Опя́ть проезжа́ет Еме́ля по тому́ го́роду, где да́веча помя́л, подави́л мно́го наро́ду, а там его́ уж дожида́ются.

3. Рассерди́лся офице́р и уда́рил его́ по щеке́.

4. Тут в избе́ углы́ затреща́ли, кры́ша зашата́лась, стена́ вы́летела, и печь сама́ пошла́ по у́лице, по доро́ге, пря́мо к царю́.

5. Ма́рья-царе́вна по Еме́ле скуча́ет, не мо́жет жить без него́, про́сит отца́, что́бы вы́дал он её за Еме́лю за́муж.

6. По щу́чьему веле́нью, по моему́ хоте́нью.

Б. **Дава́й + Imperfective Infinitive.** *In folktales, the phrase* **дава́й** *+ imperfective infinitive, when used with a third-person subject, can have the meaning of "start" and is synonymous with* **нача́ть** *and* **стать** *in this context. Look at the following examples and find the phrases with* **дава́й** *+ imperfective infinitive and explain how they are used.*

1. Оди́н раз бра́тья уе́хали на база́р, а ба́бы, неве́стки, дава́й посыла́ть Еме́лю.

2. Топо́р вы́скочил из-под ла́вки — и на двор, и дава́й дрова́ коло́ть, а дрова́ са́ми в и́збу иду́т и в печь ле́зут.

3. Дуби́нка вы́скочила — и дава́й колоти́ть. Наро́д ки́нулся прочь, а Еме́ля прие́хал домо́й и зале́з на печь.

В. **Но́вые слова́.** *Define the words listed below. Find words in the first two columns that have similar roots. What part of speech are the words in column two?*

Column 1	Column 2	Part of Speech Column 2
ди́во—	обу́ться—	
веле́ть—	про́рубь—	
щу́ка—	хоте́нье—	
молва́—	жа́лоба—	
проруби́ть—	веле́нье—	
о́бувь—	щу́чий—	
жа́ловаться—	диви́ться—	
смола́—	мо́лвить—	
хоте́ть—	смоли́ть—	

Г. **Вопро́сы для обсужде́ния**

1. Examine the statements below that refer to one of the three brothers featured in this tale. Write «**ст**» next to statements that you think apply to the oldest brother (ста́рший брат), «**ср**» next to those that you think apply to the middle brother (сре́дний брат), «**м**» next to those that you think refer to the youngest brother (мла́дший брат), and «**н**» (никто́) next to any statement you think applies to none of the brothers. Be ready to explain your choices in Russian.

дура́к	у́мный челове́к	ничего́ знать не хо́чет
лю́бит рабо́тать	лежи́т на пе́чке	лю́бит сла́дкое
лю́бит уху́	ло́вит щу́ку	не лю́бит дрова́ руби́ть
е́дет к царю́	лю́бит хоро́шую оде́жду	же́нится на царе́вне
е́здит по го́роду на саня́х	стано́вится царём	встреча́ет медве́дя

2. The hero of this tale is named Emelia. When he is asked to do things, he often says **«мне неохо́та»** (I don't feel like it). Make a list of chores or activities that you do not feel like doing. Share your list with a classmate. Are there any activities that you both dislike doing? Are there any that one of you likes but that the other does not? Compare your lists and be ready to explain your answers in Russian.

   Remember: **кому́ + неохо́та + инфинити́в**

3. Гла́вный геро́й э́той ска́зки, Еме́ля, лю́бит лежа́ть на печи́. Посмотри́те на карти́нку традицио́нной ру́сской пе́чи. Опиши́те её. Како́го она́ разме́ра? Похо́жа ли она́ на совреме́нные пе́чи? Почему́, и́ли почему́ нет?

4. Как вы ду́маете, почему́ Еме́ля лю́бит лежа́ть на печи́? Вы бы хоте́ли лежа́ть на тако́й пе́чи? Почему́, и́ли почему́ нет?

## Д.	Культу́ра

Ру́сская печь (Russian Stove)

In this fairy tale the main hero, Emelia, spends most of his time on the family stove. His love of the stove is easy to understand when one considers the many uses it had in the Russian household. In addition to heating the house, it was also used for cooking staple elements of the peasant diet. Thanks to its design, individuals could also sleep on top of it, making the Russian stove a favorite area to keep warm during the winter.[27]

Уха́ (Fish Soup)

In «**По щу́чьему веле́нью**», the hero catches a pike and intends to make a fish soup called «**уха́**». A brothy soup made from fish, potatoes, and root vegetables and spiced with dill, salt, and pepper, **уха́** has a distinctive taste. It continues to be one of the most popular soups in Russia.

Чте́ние

По щу́чьему веле́нью
By the Pike's Command

Часть 1

    Жил-был стари́к. У него́ бы́ло три сы́на: дво́е у́мных, тре́тий — дурачо́к Еме́ля.

    Те бра́тья рабо́тают, а Еме́ля це́лый день лежи́т на пе́чке, знать ничего́ не хо́чет.

    Оди́н раз бра́тья уе́хали на база́р, а ба́бы, неве́стки, дава́й посыла́ть его́:

— Сходи́, Еме́ля, за водо́й.

А он им с пе́чки:

— Неохо́та...

— Сходи́, Еме́ля, а то бра́тья с база́ра воро́тятся, гости́нцев тебе́ не привезу́т.

— Ну ла́дно.

Слез Еме́ля с пе́чки, обу́лся, оде́лся, взял вёдра да топо́р и пошёл на ре́чку.

Проруби́л лёд, зачерпну́л вёдра и поста́вил их, а сам гляди́т в про́рубь. И уви́дел Еме́ля в про́руби щу́ку. Изловчи́лся и ухвати́л щу́ку в ру́ку.

— Вот уха́ бу́дет сладка́.

Вдруг щу́ка говори́т ему́ челове́ческим го́лосом:

— Еме́ля, отпусти́ меня́ в во́ду, я тебе́ пригожу́сь.

Еме́ля

---

27. For information on the **ру́сская печь**, see Gerhart and Boyle, *Russian's World*, 132–35.

А Емéля смеётся:

— На чтó ты мне пригодúшься?.. Нет, понесý тебя́ домóй, велю́ невéсткам ухý сварúть. Бýдет уха́ сладка́.

Щýка мóлвила опя́ть:

— Емéля, Емéля, отпустú меня́ в вóду, я тебé сдéлаю всё, что ни пожелáешь.

— Ла́дно. Тóлько покажú сначáла, что не обма́нываешь меня́, тогда́ отпущý.

Щýка егó спра́шивает:

— Емéля, Емéля, скажú, чегó ты сейча́с хóчешь?

— Хочý, чтóбы вёдра са́ми пошлú домóй и вода́ бы не расплеска́лась.

Щýка емý говорúт:

— Запóмни мои́ слова́: когда́ чтó тебé захóчется — скажú тóлько: «По щýчьему велéнью, По моемý хотéнью».

Емéля и говорúт:

— По щýчьему велéнью, По моемý хотéнью — ступа́йте, вёдра, са́ми домóй...

Тóлько сказа́л — вёдра са́ми и пошлú в гóру. Емéля пустúл щýку в прóрубь, сам пошёл за вёдрами.

Идýт вёдра по деревне, нарóд дивúтся, а Емéля идёт сза́ди, посмéивается... Зашлú вёдра в и́збу и са́ми ста́ли на ла́вку, а Емéля полéз на печь.

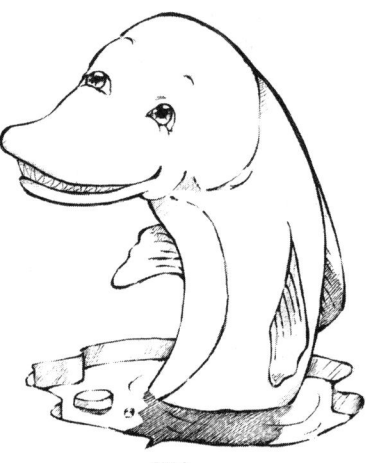
Щýка

Вопрóсы к тéксту

1.1 Как вы дýмаете, почемý называ́ют Емéлю «дурачкóм»?

1.2 Где Емéля лю́бит проводúть врéмя? А егó бра́тья?

1.3 Что хотя́т невéстки?

1.4 Почемý Емéля наконéц согласúлся сходúть за водóй?

1.5 Что он хóчет сдéлать с щýкой?

1.6 Почемý он щýку отпустúл? А вы бы щýку отпустúли?

1.7 Кто принёс вёдра домóй?

1.8 Как вы бы перевелú фра́зу «По щýчьему велéнью, по моемý хотéнью»?

1.9 Нра́вится ли вам поведéние Емéли? Почемý?

Часть 2

Прошло́ мно́го ли, ма́ло ли вре́мени[28] — неве́стки говоря́т ему́:

— Еме́ля, что ты лежи́шь? Пошёл бы дров наруби́л.

— Неохо́та. . .

— Не нару́бишь дров — бра́тья с база́ра вороти́тся, гости́нцев тебе́ не привезу́т.

Еме́ле неохо́та слеза́ть с пе́чи. Вспо́мнил он про щу́ку и потихо́ньку говори́т:

— По щу́чьему веле́нью,
По моему́ хоте́нью —
поди́, топо́р, наколи́ дров, а, дрова́, са́ми в и́збу ступа́йте и в печь клади́тесь.

Топо́р вы́скочил из-под ла́вки — и на двор, и дава́й дрова́ коло́ть, а дрова́ са́ми в и́збу иду́т и в печь ле́зут.

Мно́го ли, ма́ло ли вре́мени прошло́ — неве́стки опя́ть говоря́т:

— Еме́ля, дров у нас бо́льше нет. Съе́зди в лес, наруби́.

А он им с пе́чки:

— Да вы́-то на что?[29]

— Как — мы на что?. . Ра́зве на́ше де́ло в лес за дрова́ми е́здить?

— Мне неохо́та. . .

— Ну, не бу́дет тебе́ пода́рков.

Де́лать не́чего, слез Еме́ля с пе́чи, обу́лся, оде́лся. Взял верёвку и топо́р, вы́шел на двор и сел в са́ни:

— Ба́бы, отворя́йте воро́та.

Неве́стки ему́ говоря́т:

— Что же ты, ду́рень, сел в са́ни, а ло́шадь не запря́г?

— Не на́до мне ло́шади.

Неве́стки отвори́ли воро́та, а Еме́ля говори́т потихо́ньку:

— По щу́чьему веле́нью,
По моему́ хоте́нью —
ступа́йте, са́ни, в лес.

Са́ни са́ми и пое́хали в воро́та, да так бы́стро — на ло́шади не догна́ть.

Вопро́сы к те́ксту

2.1 Что про́сят неве́стки? Почему́?

2.2 Как неве́стки угова́ривают Еме́лю де́лать то, что они́ хотя́т?

2.3 Наруби́л ли Еме́ля дрова́ на са́мом де́ле? Почему́?

2.4 Почему́ Еме́ля говори́т, что ему́ не на́до ло́шади?

---

28. whether there passed a long time or a short time (standard formula for passing time)

29. what are you here for

Часть 3

А в лес-то пришлось ехать через город, и тут он много народу помял, подавил. Народ кричит: «Держи его! Лови его!» А он, знай, сани погоняет. Приехал в лес:

— По щучьему веленью,
По моему хотенью —
топор, наруби дровишек посуше,[30] а вы, дровишки, сами валитесь в сани, сами вяжитесь...

Топор начал рубить, колоть сухие дерева, а дровишки сами в сани валятся и верёвкой вяжутся. Потом Емеля велел топору вырубить себе дубинку — такую, чтобы насилу поднять.[31] Сел на воз:

— По щучьему веленью,
По моему хотенью —
поезжайте, сани, домой.

Сани помчались домой. Опять проезжает Емеля по тому городу, где давеча помял, подавил много народу, а там его уж дожидаются. Ухватили Емелю и тащат с возу, ругают и бьют. Видит он, что плохо дело, и потихоньку:

— По щучьему веленью,
По моему хотенью —
ну-ка, дубинка, обломай им бока...

Дубинка выскочила — и давай колотить. Народ кинулся прочь, а Емеля приехал домой и залез на печь.

Вопросы к тексту

3.1 Что говорили в городе, когда Емеля ехал в лес?
3.2 Что случилось в лесу?
3.3 Почему Емеля сделал себе дубинку?
3.4 Что случилось, когда Емеля ехал обратно через город?
3.5 Как вы думаете, узнает ли царь об этом?

Часть 4

Долго ли, коротко ли — услышал царь об Емелиных проделках и посылает за ним офицера: его найти и привезти во дворец.

Приезжает офицер в ту деревню, входит в ту избу, где Емеля живёт, и спрашивает:

— Ты дурак Емеля?
А он с печки:
— А тебе на что?[32]
— Одевайся скорее, я повезу тебя к царю.
— А мне неохота...

---

30. chop some of the drier wood
31. Emelia ordered the ax to cut him a club—such a club that one could barely lift it
32. what's it to you

Рассердился офицер и ударил его по щеке.
А Емеля говорит потихоньку:

— По щучьему веленью,
По моему хотенью —
дубинка, обломай ему бока.

Дубинка выскочила — и давай колотить офицера, насилу он ноги унёс.[33]
Царь удивился, что его офицер не мог справиться с Емелей, и посылает своего самого набольшего вельможу:
— Привези ко мне во дворец дурака Емелю, а то голову с плеч сниму.
Накупил набольший вельможа изюму, черносливу, пряников, приехал в ту деревню, вошёл в ту избу и стал спрашивать у невесток, что любит Емеля.
— Наш Емеля любит, когда его ласково попросят да красный кафтан посулят, — тогда он всё сделает, что ни попросишь.
Набольший вельможа дал Емеле изюму, черносливу, пряников и говорит:
— Емеля, Емеля, что ты лежишь на печи? Поедем к царю.
— Мне и тут тепло...
— Емеля, Емеля, у царя тебя будут хорошо кормить-поить, — пожалуйста, поедем.
— А мне неохота...
— Емеля, Емеля, царь тебе красный кафтан подарит, шапку и сапоги.
Емеля подумал-подумал:
— Ну ладно, ступай ты вперёд, а я за тобой вслед буду.

Вопросы к тексту

4.1 Кто хочет видеть Емелю? Почему?
4.2 Кто приходит к Емеле? Почему?
4.3 Хочет ли Емеля поехать к царю? Почему?
4.4 Что надо было сделать, чтобы Емеля слез с печи?
4.5 Как вам кажется, что царь подумает об Емеле?

Часть 5

Уехал вельможа, а Емеля полежал ещё и говорит:

— По щучьему веленью,
По моему хотенью —
ну-ка, печь, поезжай к царю.

Тут в избе углы затрещали, крыша зашаталась, стена вылетела, и печь сама пошла по улице, по дороге, прямо к царю.
Царь глядит в окно, дивится:
— Это что за чудо?[34]
Набольший вельможа ему отвечает:
— А это Емеля на печи к тебе едет.

---

33. he barely carried his legs away (he barely escaped)

34. what kind of wonder is that

Вышел царь на крыльцо:

— Что-то, Емеля, на тебя много жалоб! Ты много народу подавил.

— А зачем они под сани лезли?

В это время в окно на него глядела царская дочь — Марья-царевна. Емеля увидал её в окошко и говорит потихоньку:

— По щучьему веленью,
По моему хотенью —
пускай царская дочь меня полюбит...

И сказал ещё:

— Ступай, печь, домой...

Печь повернулась и пошла домой, вошла в избу и стала на прежнее место. Емеля опять лежит-полёживает.

Вопросы к тексту

5.1 На чём приезжает Емеля в дворец?

5.2 Жалеет ли Емеля о том, что он «много народу подавил»?

5.3 Что Емеля думает о Марье-царевне?

5.4 Как вы думаете, Марья-царевна полюбит Емелю?

Часть 6

А у царя во дворце крик да слёзы. Марья-царевна по Емеле скучает, не может жить без него, просит отца, чтобы выдал он её за Емелю замуж. Тут царь забедовал, затужил и говорит набольшему вельможе:

— Ступай, приведи ко мне Емелю живого или мёртвого, а то голову с плеч сниму.

Накупил набольший вельможа вин сладких да разных закусок, поехал в ту деревню, вошёл в ту избу и начал Емелю потчевать.

Емеля напился, наелся, захмелел и лёг спать. А вельможа положил его в повозку и повёз к царю.

Царь тотчас велел прикатить большую бочку с железными обручами.[35] В неё посадили Емелю и Марью-царевну, засмолили и бочку в море бросили.

Долго ли, коротко ли, проснулся Емеля, видит — темно, тесно.

— Где же это я?

А ему отвечают:

— Скучно и тошно, Емелюшка. Нас в бочку засмолили, бросили в синее море.

— А ты кто?

— Я — Марья-царевна.

Емеля говорит:

— По щучьему веленью,
По моему хотенью —
ветры буйные, выкатите бочку на сухой берег, на жёлтый песок...

---

35. a large barrel with iron rings

Ветры буйные подули, море взволновалось, бочку выкинуло на сухой берег, на жёлтый песок. Емеля и Марья-царевна вышли из неё.

— Емелюшка, где же мы будем жить? Построй какую ни на есть избушку.[36]

— А мне неохота...

Тут она стала его ещё пуще просить, он и говорит:

> — По щучьему веленью,
> По моему хотенью —
> выстройся каменный дворец с золотой крышей...

Только он сказал — появился каменный дворец с золотой крышей. Кругом — зелёный сад: цветы цветут, и птицы поют.

Вопросы к тексту

6.1 Почему Марье-царевне грустно?

6.2 Что делал вельможа, когда он был у Емели?

6.3 Кого царь посадил в бочку? Почему?

6.4 Опишите дом, который построил Емеля.

6.5 Марья попросила Емелю построить дом. Как вы думаете, что ещё она попросит?

Часть 7

Марья-царевна с Емелей вошли во дворец, сели у окошечка.

— Емелюшка, а нельзя тебе красавчиком стать?

Тут Емеля недолго думал:

> — По щучьему веленью,
> По моему хотенью —
> стать мне добрым молодцем, писаным красавцем.

И стал Емеля таким, что ни в сказке сказать, ни пером описать.

А в ту пору царь ехал на охоту и видит — стоит дворец, где раньше ничего не было.

— Это что за невежа без моего дозволения на моей земле дворец поставил?[37]

И послал узнать-спросить, кто такие.

Послы побежали, стали под окошком, спрашивают.

Емеля им отвечает:

— Просите царя ко мне в гости, я сам ему скажу.

Царь приехал к нему в гости. Емеля его встречает, ведёт во дворец, сажает за стол. Начинают они пировать. Царь ест, пьёт, и не надивится:

— Кто же ты такой, добрый молодец?

— А помнишь дурачка Емелю — как приехал к тебе на печи, а ты велел его со своей дочерью в бочку засмолить, в море бросить? Я — тот самый Емеля. Захочу — всё твоё царство пожгу и разорю.

Царь сильно испугался, стал прощенья просить:

---

36. build some kind of hut

37. what kind of ignoramus put a palace on my land without my permission

— Жени́сь на мое́й до́чери, Еме́люшка, бери́ моё ца́рство, то́лько не губи́ меня́!

Тут устро́или пир на весь мир. Еме́ля жени́лся на Ма́рье-царе́вне и стал пра́вить ца́рством.

Тут и ска́зке коне́ц, а кто слу́шал — молоде́ц.

Вопро́сы к те́ксту

    7.1 Понра́вилась ли Ма́рья-царе́вна вне́шность Еме́ли? Отку́да мы зна́ем?

    7.2 Почему́ царь не узна́л Еме́лю?

    7.3 Чем зако́нчилась ска́зка?

    7.4 Почему́ царь всё отдаёт Еме́ле?

    7.5 Как вы ду́маете, Еме́ля бу́дет хоро́шим царём? Почему́?

По́сле чте́ния

Упражне́ния

I.   **Описа́ние.** Which of the following adjectives describe Еме́ля? Be able to explain your choices using evidence from the tale.

лени́вый	дружелю́бный	краси́вый
у́мный	невоспи́танный	холосто́й
нахо́дчивый	симпати́чный	трудолюби́вый

II.   **Описа́ние.** Which of the following describe Ма́рья-царе́вна? Be able to explain your choices using evidence from the tale.

лени́вая	дружелю́бная	краси́вая
у́мная	невоспи́танная	остроу́мная
нахо́дчивая	симпати́чная	трудолюби́вая

III.   **Ве́рно (+) и́ли неве́рно (−)?**

1. _____ Еме́ля о́чень трудолюби́вый челове́к.

2. _____ Еме́ля всегда́ спит на полу́.

3. _____ Еме́ля отпусти́л щу́ку в во́ду.

4. _____ Еме́ля сам принёс вёдра домо́й.

5. _____ Невёстки хоте́ли, чтобы Еме́ля отдыха́л и не рабо́тал.

6. _____ Еме́ля мно́го наро́ду подави́л.

7. _____ Лю́ди в го́роде руга́ли Еме́лю и би́ли его́.

8. _____ Царь уда́рил Еме́лю по щеке́.

9. _____ Вельмо́жа дал Еме́ле изю́му, черносли́ву и пря́ников.

10. _____ Неве́стки посади́ли Еме́лю и Ма́рью-царе́вну в бо́чку.

11. _____ Еме́ля испуга́лся, когда́ уви́дел царя́.

12. _____ Еме́ля жени́лся на Ма́рье-царе́вне и стал царём.

IV. **Кто говори́т сле́дующие фра́зы? Кому́?** Identify who says the following quotes and to whom. Remember to use the dative case for the person to whom the quote is addressed: щу́ка, Еме́ля, неве́стки, наро́д, офице́р, царь, вельмо́жа, Ма́рья-царе́вна.

Кто?		Кому́?
1.	«Сходи́, Еме́ля, за водо́й»	1.
2.	«Отпусти́ меня́ в во́ду, я тебе́ пригожу́сь»	2.
3.	«Бу́дет уха́ сладка́»	3.
4.	«Держи́ его́! Лови́ его́!»	4.
5.	«Одева́йся скоре́е, я повезу́ тебя́ к царю́»	5.
6.	«У царя́ тебя́ бу́дут хорошо́ корми́ть-пои́ть»	6.
7.	«Приведи́ ко мне Еме́лю живо́го и́ли мёртвого, а то го́лову с плеч сниму́»	7.
8.	«А нельзя́ тебе́ краса́вчиком стать»	8.
9.	«Бери́ моё ца́рство, то́лько не губи́ меня́»	9.

V. Упражнéние. Кóсвенная речь. Transform the direct quotations from the previous exercise into indirect speech. Keep in mind that requests and demands require the use of **чтóбы** followed by past-tense verb forms. Quotations that are statements require the use of **что**. Look at the examples below and explain the use of **чтóбы** and **что**, then transform the quotations from above into indirect speech.

Direct speech: «Пускáй сошью́т к зáвтрему по рубáшке».
Indirect speech: Царь хóчет, **чтóбы** они сши́ли к зáвтрему по рубáшке.

Direct speech: «Утро вéчера мудренéе».
Indirect speech: Лягýшка скáзала Ивáну, **что** ýтро вéчера мудренéе.

VI. Вопрóсы для обсуждéния

1. Нрáвится ли вам Емéля? Почемý? Какие у негó положи́тельные и отрицáтельные черты́ харáктера?

2. Перечитáйте описáние дворцá Емéли. Нарисýйте егó дворéц. Опиши́те свой рисýнок партнёру. Объясни́те, что есть в кáждой кóмнате. Вы с партнёром хотéли бы жить в такóм дóме? Почемý, и́ли почемý нет?

3. Емéля — глáвный персонáж в э́той скáзке. Дýмаете ли вы, что он традициóнный герóй? Сравни́те Емéлю с други́ми скáзочными герóями. Похóж ли Емéля на други́х герóев? Чем?

4. Во мнóгих рýсских скáзках есть герóй как Емéля, котóрый считáется дуракóм. Как вы дýмаете, дурáк ли Емéля на самóм дéле? Знáете ли вы каки́х-нибудь персонáжей из други́х скáзок, котóрые похóжи на Емéлю?

5. Что мы знáем о царé в э́той скáзке? Какóй у негó харáктер? Как он отнóсится к своéй дóчери? Как вы дýмаете, почемý он посади́л Мáрью-царéвну в бóчку с Емéлей?

VII. Разыгрáйте

1. You are a journalist interviewing the new tsar, Emelia. Ask him five questions about how he became tsar, what obstacles he now faces, what kind of leader he thinks he is, and what plans he has for the future.

2. You are one of Emelia's two sisters-in-law (**невéстки**) from the story. Compose a dialogue with your sister-in-law in which you describe what you think of Emelia and why. Decide whether you will try to get back at him for being so lazy.

3. Imagine you are Princess Mar'ia and your best friend has just arrived for a visit. She has many questions about your future husband and your upcoming wedding. Compose a dialogue in which the friend finds out as much as possible about the princess, Emelia, and the upcoming festivities.

4. Imagine you are a reporter and have decided to interview the pike about his experience as a magical animal. Ask the pike as many questions as possible, including these: Why did you give Emelia magical powers? What do you think of how Emelia has used his powers? How long will Emelia's powers last? What is his kingdom's future?

VIII. **Чте́ние.** There are many ways to make **уха́** depending on the type of ingredients one uses. Search online for **ру́сская уха́**. List the different types of soup that you find. Pick one recipe and write out the ingredients. Can you retell how to cook your version of **ру́сская уха́**? Here are some verbs you will most likely need: **положи́ть** (to place, to put), **вари́ть** (to boil), **поре́зать** (to chop).

IX. **Упражне́ние.** The pike tells Emelia, «Отпусти́ меня́ в во́ду, я тебе́ пригожу́сь» (Release me into the water; I'll come in handy).

The verb **годи́ться/пригоди́ться** (пригожу́сь, пригоди́шься, пригодя́тся) means "to come in handy." Look at the following sayings and identify how **годи́ться** is used. Explain the meaning of the sentences.

Remember: **кому́** + **годи́ться** + **что**

1. На что́ ты мне пригоди́шься?

2. Э́ти журна́лы никуда́ не годя́тся.

3. Э́тот материа́л вам пригоди́тся.

4. Гра́моте учи́ться всегда́ пригоди́тся.

X. **Упражне́ние. Что́бы.** «Ма́рья-царе́вна хо́чет, что́бы оте́ц вы́дал её за Еме́лю за́муж» (Mar'ia-tsarevna wants her father to give her in marriage to Emelia). The following exercises will help you practice using the conjuction **что́бы**.

А. **Say the following people want other individuals to do the following things.** Remember that the verb in the second clause, after the conjunction **чтобы**, requires the past tense.

Образец: Борис / хотеть / Нина / поговорить с ним
Борис хочет, чтобы Нина поговорила с ним.

1. он / хотеть / мы / отдыхать

2. вы / попросить / друзья / не курить

3. дочь / попросить / отец / приготовить ужин

4. врачи / хотеть / пациенты / лежать в больнице

5. актёры / попросить / зрители / не говорить во время спектакля

6. Анна Борисовна / хотеть / ты / написать письмо ей

7. мои родители / хотеть / я / звонить им почаще

Б. **Review the fairy tale.** Write out five sentences indicating what other characters want Emelia to do at some point in the story.

_____

_____

_____

_____

_____

B. **Ходи́ть.** Write five sentences indicating things you want your parents, siblings, friends, teachers, or other people to do using чтóбы + past tense.

_____

_____

_____

_____

_____

_____

_____

XI. Упражне́ние. Неохо́та. Еме́ля ча́сто говори́т, что «ему́ неохо́та» (Emelia often says he "doesn't feel like it"). The word **неохо́та** means "to not feel like (doing something)." Make sentences with the words from the columns below.

Remember: **кому́ + неохо́та + инфинити́в**

я		рабо́тать
ты		говори́ть по телефо́ну
он/а́		писа́ть сочине́ние
мы		стира́ть оде́жду
вы	неохо́та	чита́ть рома́н
они́		де́лать дома́шнее зада́ние
э́ти студе́нты		протира́ть пыль с ме́бели
его́ брат		мыть полы́
но́вый преподава́тель		гото́вить у́жин
моя́ дочь		пылесо́сить ковёр

XII. Упражне́ние. Ма́рья-царе́вна «скуча́ет по Еме́ле» (Mar'ia-tsarevna misses Emelia). The verb **скуча́ть** can mean to miss someone or something. Complete the following exercises.

Remember: **скуча́ть + по + кому́ (dative)**

A. **Say the people listed below miss the following things.**

Образе́ц: я / ча́сто / скуча́ть / по / брат
Я ча́сто скуча́ю по бра́ту.

1. ты / сейча́с / скуча́ть / по / сестра́

2. Лари́са / сейчас / скуча́ть / по / хоро́шие друзья́

3. он / ча́сто / скуча́ть / по / семья́

4. мы / в про́шлом году́ / скуча́ть / по / ты

5. преподава́тель / ра́ньше / скуча́ть / по / студе́нты

6. сестра́ / никогда́ / не / скуча́ть / по / я

Б. **Imagine that you are either Ма́рья-царе́вна or Еме́ля.** Write five things that you miss about your home, your family, or your friends.

_____

_____

_____

_____

_____

XIII. **Упражнéние. Глагóлы движéния.** Emelia is delighted when the firewood goes into the stove on its own:

*Дровá сáми в избу **идýт** и в печь лéзут.*

The verb **идти** (я идý, ты идёшь, они идýт) means to go by foot (or under your own power) in one direction. Say the following people are on their way to the listed places.
Remember: **verb of motion + в/на + accusative case**

Образéц: я / шкóла
Я идý в шкóлу.

1. мы / магазин
2. вы / кинó
3. Емéля / теáтр
4. Лариса / лéкция
5. они / рабóта
6. ты / музéй
7. я / стадиóн
8. онá / заня́тия
9. он / óфис

XIV. **Упражнéние. Глагóлы движéния.** The verb **ходить** (я хожý, ты хóдишь, они хóдят) is a multidirectional verb of motion. It means to go by foot and is used for round trips.

А. **Say the following people do the listed activities using the verb ходить.**

Образéц: вы / кáждый день / спортзáл
Вы кáждый день хóдите в спортзáл.

1. онá / кáждую недéлю / теáтр
2. мы / кáждый день / столóвая
3. я / чáсто / кинó
4. он / иногдá / ресторáн
5. они / рéдко / библиотéка
6. ты / кáждый день / пóчта

Ходить

Б. **Ходить.** Write five sentences using the verb ходить and tell where you usually go ýтром, днём, and вéчером.

_____

_____

_____

_____

_____

В. **Ходи́ть.** Write five sentences using the verb ходи́ть and tell where you went yesterday.

_____
_____
_____
_____
_____
_____
_____

XV. **Упражне́ние.** When Emelia catches the pike, he says «я понесу́ тебя́ домо́й» (I will carry you home). The unidirectional verb **нести́** means to carry (while walking). Using the verb **нести́** (несу́, несёшь, несу́т), say the following people are carrying the selected items.

Remember: нести́ + что + в/на + куда́ (accusative case)

Образе́ц: я / сейча́с / нести́ / письмо́ / по́чта
Я сейча́с несу́ письмо́ на по́чту.

1. ты / нести́ / кни́га / рабо́та

2. преподава́тели / сейча́с / нести́ / экза́мен / аудито́рия

3. тури́ст / нести́ / ка́рта / у́лица

4. вы / нести́ / цветы́ / сва́дьба

5. актёр / сейча́с / нести́ / текст / теа́тр

6. она́ / нести́ / посы́лка / дом

XVI. **Упражне́ние. Глаго́лы движе́ния.** When added to a verb of motion, the prefix **при** means "to arrive." The perfective verb **прие́хать** means "to arrive by vehicle." Using the past tense, say the following people arrived at the listed places.

Образе́ц: она́ / Москва́
Она́ прие́хала в Москву́.

1. мы / парк
2. вы / библиоте́ка
3. Еме́ля / о́стров
4. царь / дворе́ц
5. он / Росси́я
6. неве́стки / ры́нок
7. Ма́рья-царе́вна / дом
8. ты / да́ча

XVII. **Письмо́**

1. Imagine you are one of the sisters-in-law from the tale. Your husband has left for the market. Write a letter to your husband in which you explain your grievances about Emelia's behavior.

2. Imagine Emelia hired you to be his court historian. Write a description of how Emelia became tsar and what kind of ruler he is today. Keep in mind how Emelia would like to be portrayed to his people.

3. Write a letter from Mar'ia-tsarevna to her best friend in which she describes her life before and after marriage. Make sure to include a description of what she thinks of Emelia and the other characters in the tale.

4. Imagine you are one of Emelia's older brothers. Write him a letter in which you discuss his poor behavior and describe how you would like him to behave differently.

5. Imagine you are one of the townspeople living in Emelia's kingdom. Write a letter to your local newspaper describing what you think of Emelia as a king. Make sure to include any complaints or suggestions you have.

6. Ivan the Fool (**Ива́н-дура́к**) is a stock character in Russian folklore. He is simpleminded and naive, but despite his shortcomings, he always succeeds in the end. In what ways is Emelia similar to Ivan the Fool? Does Emelia share any traits with other fool-like characters in Russian folktales?

XVIII. Дополни́тельный материа́л

1. Search online for cartoon adaptations of **«По щу́чьему веле́нью»**. You can find one from 1957 produced by the studio Союзмультфи́льм. Working on your own or in groups, decide how the cartoon version you found compares with the one you read. What are the similarities or differences between the written text and the cartoon? Which version do you prefer? Why?

2. Search online for illustrations of the tale. To get your search started, try looking for **«По щу́чьему веле́нью»**. Find a picture that shows the characters together. Write out a description of what you think is happening in the picture. Share your picture and description with a classmate.

3. Create a "director's cut" (**режиссёрская ве́рсия**) of the fairy tale. Imagine a scene that is not included in the fairy tale but that could have happened. Write out a script of your missing scene, then record it for your classmates and instructor. Be ready to explain why you made the choices you did.

Васили́са Прекра́сная
Vasilisa the Beautiful

Пе́ред чте́нием

Упражне́ния

А. **Описа́ние.** *This tale features* **Ба́ба-яга́**, *a well-known witch from Russian folktales. Using what you know about witches and what you may know or have heard about* **Ба́ба-яга́**, *determine which of the following adjectives describe her. Be able to explain your choices.*

до́брая	краси́вая	зла́я
весёлая	у́мная	хи́трая
ще́драя	опа́сная	жа́дная
ста́рая	молода́я	нахо́дчивая
хра́брая	сме́лая	глу́пая

Б. **Васили́са Прекра́сная**

1. **Васили́са Прекра́сная** is a famous heroine in Russian folktales. She is known for her bravery and beauty. As you read this tale, take note of how she interacts with other characters and be prepared to describe her personality.

2. Prior to reading the tale, examine the illustration made by the Russian painter **Ivan Bilibin** (1876–1942) that shows Vasilisa with a magical lantern. In five to six sentences, describe where Vasilisa is, how she looks, what she is wearing, and what you think she is doing.

_____

_____

_____

_____

_____

3. Judging from Bilibin's illustration and what you already know about folktales, decide which of the following adjectives you think describe **Васили́са Прекра́сная**. Be able to explain your choices.

до́брая	краси́вая	зла́я
весёлая	у́мная	хи́трая
ще́драя	опа́сная	жа́дная
ста́рая	молода́я	нахо́дчивая
хра́брая	сме́лая	глу́пая

В. **Грамма́тика**

1. *The preposition* **за**, *when used with the **instrumental case**, can mean (1) "fetching, going to get (something), following (something)" or (2) "behind (something)." When* **за** *is used with the **accusative case**, it can mean (1) "for, in place of, in exchange for" or (2) motion behind something. Look at the following phrases from the tale «Васили́са Прекра́сная» and underline the phrase with the preposition* **за**. *Explain how the preposition* **за** *is used.*

    а. Ку́колка поку́шает, да пото́м даёт ей сове́ты и утеша́ет в го́ре, а нау́тро вся́кую рабо́ту справля́ет за Васили́су...

    б. Перебра́вшись на новосе́лье, купчи́ха то и де́ло посыла́ла за чем-нибудь в лес ненави́стную ей Васили́су, но э́та всегда́ возвраща́лась домо́й благополу́чно...

    в. На́до сбе́гать за огнём к Ба́бе-яге́!

    г. Воро́та отвори́лись, а Ба́ба-яга́ въе́хала, посви́стывая, за не́ю вошла́ Васили́са, а пото́м всё заперло́сь.

    д. Вы́тащила она́ Васили́су из го́рницы и вы́толкала за воро́та...

    е. Что хо́чешь за него́? — спроси́л царь.

2. *The prefix* **за**, *when attached to verbs, can mean "to start to do something"; for example,* **заговори́ть** *means "to start to speak." Underline the verb with the prefix* **за** *and describe what action is starting.*

    а. Ку́колка пое́ла, и глаза́ её заблесте́ли, как две све́чки.

    б. Но темнота́ продолжа́лась недо́лго: у всех черепо́в на забо́ре засвети́лись глаза́, и на всей поля́не ста́ло светло́, как среди́ дня.

    в. Затреща́ли дере́вья, захрусте́ли ли́стья — е́дет Ба́ба-яга́.

    г. Сказа́ла стару́ха, поверну́лась к стене́ и захрапе́ла, а Васили́са приняла́сь корми́ть свою́ ку́колку.

Г. **Но́вые слова́.** *Define the words listed below. Find words in the first two columns that have similar roots. Identify the part of speech of the words in column two.*

Column 1	Column 2	Part of Speech Column 2
царь—	благослове́нный—	
супру́га—	стра́шный—	
роди́тели—	ца́рство—	
хорошо́—	купчи́ха—	
страх—	роди́тельский—	
благослови́ть—	супру́жество—	
купе́ц—	горя́щий—	
горе́ть—	хороше́ть—	

Д. **Вопро́сы для обсужде́ния**

1. Ба́ба-яга́ говори́т Васили́се: «Мно́го бу́дешь знать, ско́ро состаре́ешься». Что э́то зна́чит? Есть ли подо́бные англи́йские выраже́ния?

2. Согла́сны ли вы с Ба́бой-яго́й, что «мно́го бу́дешь знать, ско́ро состаре́ешься»? Почему́?

3. Каки́х ска́зочных герои́нь вы зна́ете? Опиши́те одну́ из них.

4. Каки́ми обы́чно быва́ют ве́дьмы в ска́зках? В каки́х ска́зках де́йствуют ве́дьмы?

5. В каки́х дома́х ве́дьмы обы́чно живу́т? Что вы зна́ете о до́ме Ба́бы-яги́?

6. Каки́ми обы́чно быва́ют ма́чехи в ска́зках? В каки́х ска́зках де́йствуют ма́чехи?

7. Каки́ми обы́чно быва́ют сво́дные сёстры в ска́зках? В каки́х ска́зках де́йствуют сво́дные сёстры?

Чтéние

Василиса Прекрасная
Vasilisa the Beautiful

Часть 1

В нéкотором цáрстве жил-был купéц. Двенáдцать лет жил он в супрýжестве и прижи́л тóлько однý дочь, Васили́су Прекрáсную. Когдá мать скончáлась, дéвочке бы́ло вóсемь лет. Умирáя, купчи́ха призвалá к себé дóчку, вы́нула из-под одеяла кýклу, отдалá ей и сказáла:

— Слýшай, Васили́сушка! Пóмни и испóлни послéдние мои́ словá. Я умирáю и вмéсте с роди́тельским благословéнием оставляю тебé вот эту кýклу; береги́ её всегдá при себé и никомý не покáзывай; а когдá приключи́тся тебé какóе гóре, дай ей поéсть и спроси́ у неё совéта. Покýшает онá и скáжет тебé, чем помóчь несчáстью.

Затéм мать поцеловáла дóчку и померлá.

Пóсле смéрти жены́ купéц потужи́л, как слéдовало, а потóм стал дýмать, как бы опять жени́ться. Он был человéк хорóший; за невéстами дéло не стáло,[38] но бóльше всех по нрáву пришлáсь емý однá вдóвушка. Онá былá ужé в летáх,[39] имéла свои́х двух дочерéй, почти́ однолéток Васили́се, — стáло быть, и хозяйка, и мать óпытная. Купéц жени́лся на вдóвушке, но обманýлся и не нашёл в ней дóброй мáтери для своéй Васили́сы. Васили́са былá пéрвая на всё селó красáвица; мáчеха и сёстры зави́довали её красотé, мýчили её всевозмóжными рабóтами, чтоб онá от трудóв похудéла, а от вéтру и сóлнца почернéла; совсéм житья́ нé было!

Васили́са всё переноси́ла безропóтно и с кáждым днём всё хорошéла и полнéла, а мéжду тем мáчеха с дóчками свои́ми худéла и дурнéла от злóсти, несмотря на то, что они́ всегдá сидéли сложá рýки, как бáрыни. Как же это так дéлалось?[40] Васили́се помогáла её кýколка. Без этого где бы дéвочке слáдить со всéю рабóтою![41] Затó Васили́са самá, бывáло, не съест, а уж кýколке остáвит сáмый лáкомый кусóчек, и вéчером, как все уля́гутся, онá запрётся в чулáнчике, где жилá, и пóтчует её, пригова́ривая:

— На, кýколка, покýшай, моегó гóря послýшай! Живý в дóме у бáтюшки, не ви́жу себé никакóй рáдости; злáя мáчеха гóнит меня́ с бéлого свéта.[42] Научи́ ты меня́, как мне быть и жить и что дéлать?

Кýколка покýшает, да потóм даёт ей совéты и утешáет в гóре, а наýтро вся́кую рабóту справля́ет за Васили́су; та тóлько отдыхáет в холодóчке да рвёт цветóчки, а у неё уж и гря́ды вы́полоты, и капýста поли́та, и водá нанóшена, и печь вы́топлена. Кýколка ещё укáжет Васили́се и трáвку от загáра. Хорошó бы́ло ей жить с кýколкой.

---

38. there was no lack of brides
39. she was already getting on in years
40. how did it work out that way
41. without this, how could the girl take care of all of the work
42. from the face of the earth

Вопро́сы к те́ксту

1.1 Ско́лько лет бы́ло Васили́се, когда́ её ма́ма умерла́?
1.2 Что ма́ма дала́ Васили́се пе́ред сме́ртью?
1.3 Что Васили́са должна́ де́лать с э́тим пода́рком?
1.4 На ком жени́лся оте́ц Васили́сы? Что мы зна́ем о ней?
1.5 Почему́ ма́чеха и её до́чери зави́дуют Васили́се?
1.6 Почему́ ма́чеха хо́чет, что́бы Васили́са худе́ла?
1.7 Что Васили́са должна́ была́ де́лать для ма́чехи?
1.8 Ма́чеха и её до́чери хорошо́ вы́глядели? Почему́?
1.9 О чём Васили́са говори́ла с ку́колкой?
1.10 Помога́ла ли ку́колка Васили́се? Чем она́ помога́ла?
1.11 Почему́ расска́зчик говори́т о Васили́се, что «хорошо́ бы́ло ей жить с ку́колкой»?

Часть 2

Прошло́ не́сколько лет; Васили́са вы́росла и ста́ла неве́стой.[43] Все женихи́ в го́роде присва́тываются к Васили́се; на ма́чехиных дочере́й никто́ и не посмо́трит. Ма́чеха зли́тся пу́ще пре́жнего и всем жениха́м отвеча́ет:

— Не вы́дам меньшо́й пре́жде ста́рших![44]

А проводя́ женихо́в, побо́ями вымеща́ет зло на Васили́се.

Вот одна́жды купцу́ пона́добилось уе́хать и́з дому на до́лгое вре́мя по торго́вым дела́м. Ма́чеха и перешла́ на житьё в друго́й дом, а во́зле э́того до́ма был дрему́чий лес, а в лесу́ на поля́не стоя́ла избу́шка, а в избу́шке жила́ Ба́ба-яга́; никого́ она́ к себе́ не подпуска́ла и е́ла люде́й, как цыпля́т. Перебра́вшись на новосе́лье, купчи́ха то и де́ло посыла́ла за чем-нибу́дь в лес ненави́стную ей Васили́су, но э́та всегда́ возвраща́лась домо́й благополу́чно: ку́колка ука́зывала ей доро́гу и не подпуска́ла к избу́шке Ба́бы-яги́.

Пришла́ о́сень. Ма́чеха раздала́ всем трём де́вушкам вече́рние рабо́ты: одну́ заста́вила кружева́ плести́, другу́ю чулки́ вяза́ть, а Васили́су прясть, и всем по уро́кам. Погаси́ла ого́нь во всём до́ме, оста́вила то́лько одну́ све́чку там, где рабо́тали де́вушки, и сама́ легла́ спать. Де́вушки рабо́тали. Вот нагоре́ло на све́чке;[45] одна́ из ма́чехиных дочере́й взяла́ щипцы́, что́бы попра́вить свети́льню, да вме́сто того́, по прика́зу ма́тери, как бу́дто неча́янно и потуши́ла све́чку.

— Что тепе́рь нам де́лать? — говори́ли де́вушки. — Огня́ нет в це́лом до́ме, а уро́ки на́ши не ко́нчены. На́до сбе́гать за огнём к Ба́бе-яге́!

— Мне от була́вок светло́! — сказа́ла та, что плела́ кружево́. — Я не пойду́.

— И я не пойду́, — сказа́ла та, что вяза́ла чуло́к, — мне от спиц светло́!

— Тебе́ за огнём идти́, — закрича́ли о́бе. — Ступа́й к Ба́бе-яге́!

---

43. Vasilisa grew up and became a fiancée (she was now of a marriageable age)
44. I won't give away the youngest one (in marriage) before the older ones
45. the candle wick became covered with snuff

И вытолкали Василису из горницы.

Василиса пошла в свой чуланчик, поставила перед куклою приготовленный ужин и сказала:

— На, куколка, покушай да моего горя послушай: меня посылают за огнём к Бабе-яге; Баба-яга съест меня!

Куколка поела, и глаза её заблестели, как две свечки.

— Не бойся, Василисушка! — сказала она. — Ступай, куда посылают, только меня держи всегда при себе. При мне ничего не станется[46] с тобой у Бабы-яги.

Василиса собралась, положила куколку свою в карман и, перекрестившись, пошла в дремучий лес.

Вопросы к тексту

2.1 Почему мачеха сердита?

2.2 Почему мачеха не хочет, чтобы Василиса вышла замуж?

2.3 Куда поехал отец Василисы? Почему?

2.4 Куда посылают Василису? Почему?

2.5 Кто живёт в «дремучем лесу»?

2.6 Что делали девушки по вечерам?

2.7 Чего нет в доме? Почему это проблема?

2.8 К кому Василиса должна пойти? Почему? За чем?

2.9 Хочет ли Василиса пойти туда? Почему?

2.10 Что говорит куколка?

Часть 3

Идёт она и дрожит. Вдруг скачет мимо её всадник: сам белый, одет в белом, конь под ним белый, и сбруя на коне белая, — на дворе стало рассветать.

Идёт она дальше, как скачет другой всадник: сам красный, одет в красном и на красном коне, — стало всходить солнце.

Василиса прошла всю ночь и весь день, только к следующему вечеру вышла на полянку, где стояла избушка Бабы-яги; забор вокруг избы из человечьих костей,[47] на заборе торчат черепа людские с глазами; вместо верей у ворот — ноги человечьи, вместо запоров — руки, вместо замка — рот с острыми зубами. Василиса обомлела от ужаса и стала как вкопанная.[48] Вдруг едет опять всадник: сам чёрный, одет во всём чёрном и на чёрном коне; подскакал к воротам Бабы-яги и исчез, как сквозь землю провалился,[49] — настала ночь. Но темнота продолжалась недолго: у всех черепов на заборе засветились глаза, и на всей поляне стало светло, как среди дня. Василиса дрожала со страху, но, не зная, куда бежать, оставалась на месте.

---

46. while I am with you nothing will happen to you
47. made from human bones
48. she stood as if set in the ground
49. he disappeared as if into thin air

Вопро́сы к те́ксту

3.1 Опиши́те пе́рвого вса́дника. Как он вы́глядит?

3.2 Опиши́те второ́го вса́дника. Как он вы́глядит?

3.3 Ско́лько вре́мени Васили́са идёт к Ба́бе-яге́?

3.4 Опиши́те дом Ба́бы-яги́. Почему́ Васили́са испуга́лась, когда́ она́ его́ уви́дела?

3.5 Опиши́те тре́тьего вса́дника. Как он вы́глядит?

3.6 Кто э́ти вса́дники?

3.7 Что случи́лось с черепа́ми на забо́ре?

Часть 4

Ско́ро послы́шался в лесу́ стра́шный шум: дере́вья треща́ли, сухи́е ли́стья хрусте́ли; вы́ехала из лесу Ба́ба-яга́ — в сту́пе е́дет, песто́м погоня́ет, помело́м след замета́ет. Подъе́хала к воро́там, останови́лась и, обню́хав вокру́г себя́,[50] закрича́ла:

— Фу, фу! Ру́сским ду́хом па́хнет! Кто здесь?

Васили́са подошла́ к стару́хе со стра́хом и, ни́зко поклоня́сь, сказа́ла:

— Э́то я, ба́бушка! Ма́чехины до́чери присла́ли меня́ за огнём к тебе́.

— Хорошо́, — сказа́ла Ба́ба-яга́, — зна́ю я их, поживи́ ты наперёд да порабо́тай у меня́, тогда́ и дам тебе́ огня́; а ко́ли нет, так я тебя́ съем!

Пото́м обрати́лась к воро́там и вскри́кнула:

— Эй, запо́ры мой кре́пкие, отомкни́тесь; воро́та мой широ́кие отвори́тесь!

Воро́та отвори́лись, а Ба́ба-яга́ въе́хала, посви́стывая, за не́ю вошла́ Васили́са, а пото́м всё заперло́сь.

Войдя́ в го́рницу, Ба́ба-яга́ растяну́лась и говори́т Васили́се:

— Подава́й-ка сюда́, что там есть в пе́чи: я есть хочу́.

Васили́са зажгла́ лучи́ну от тех черепо́в, что на забо́ре, и начала́ таска́ть из пе́чки да подава́ть Ба́бе-яге́ ку́шанье, а ку́шанья настря́пано бы́ло челове́к на де́сять; из по́греба принесла́ она́ ква́су, мёду, пи́ва и вина́. Всё съе́ла, всё вы́пила стару́ха; Васили́се оста́вила то́лько щец немно́жко, кра́юшку хле́ба да кусо́чек порося́тины. Ста́ла Ба́ба-яга́ спать ложи́ться и говори́т:

— Когда́ за́втра я уе́ду, ты смотри́ — двор вы́чисти, и́збу вы́мети, обе́д состря́пай, бельё пригото́вь да пойди́ в за́кром, возьми́ че́тверть пшени́цы и очи́сть её от черну́шки. Да чтоб всё бы́ло сде́лано, а не то — съем тебя́!

По́сле тако́го нака́за Ба́ба-яга́ захрапе́ла; а Васили́са поста́вила стару́хины объе́дки пе́ред ку́клою, залила́сь слеза́ми и говори́ла:

— На, ку́колка, поку́шай, моего́ го́ря послу́шай! Тяжёлую дала́ мне Ба́ба-яга́ рабо́ту и грози́тся съесть меня́, ко́ли всего́ не испо́лню; помоги́ мне!

Ку́кла отве́тила:

— Не бо́йся, Васили́са Прекра́сная! Поу́жинай, помоли́ся да спать ложи́ся; у́тро мудрене́й ве́чера![51]

---

50. sniffing around herself

51. the morning is wiser than the evening—a common Russian saying implying that one should think (and rest) a little before acting, similar to the expression "let's sleep on it." This phrase also appears in the tale «Царе́вна-лягу́шка».

Вопро́сы к те́ксту

4.1 Отку́да Ба́ба-яга́ зна́ет, что кто-то пришёл?
4.2 На чём е́здит Ба́ба-яга́? На чём е́здят ве́дьмы в други́х ска́зках?
4.3 Что сде́лает Ба́ба-яга́ е́сли Васили́са не согласи́тся порабо́тать у неё?
4.4 Что ест Ба́ба-яга́? Ско́лько она́ ест и пьёт? А Васили́са?
4.5 Почему́ Васили́са пла́кала?
4.6 Что говори́т ку́кла Васили́се? Почему́?

Часть 5

Ра́но просну́лась Васили́са, а Ба́ба-яга́ уже́ вста́ла, вы́глянула в окно́: у черепо́в глаза́ потуха́ют; вот мелькну́л бе́лый вса́дник — и совсе́м рассвело́. Ба́ба-яга́ вы́шла на двор, сви́стнула — пе́ред ней яви́лась сту́па с песто́м и помело́м. Промелькну́л кра́сный вса́дник — взошло́ со́лнце. Ба́ба-яга́ се́ла в сту́пу и вы́ехала со двора́, песто́м погоня́ет, помело́м след замета́ет. Оста́лась Васили́са одна́, осмотре́ла дом Ба́бы-яги́, подиви́лась изоби́лию во всём и останови́лась в разду́мье: за каку́ю рабо́ту ей пре́жде всего́ приня́ться.⁵²
Гляди́т, а вся рабо́та уже́ сде́лана; ку́колка выбира́ла из пшени́цы после́дние зёрна черну́шки.

— Ах ты, избави́тельница моя́! — сказа́ла Васили́са ку́колке. — Ты от беды́ меня́ спасла́.

— Тебе́ оста́лось то́лько обе́д состря́пать, — отвеча́ла ку́колка, влеза́я в карма́н Васили́сы. — Состря́пай с бо́гом, да и отдыха́й на здоро́вье!

К ве́черу Васили́са собрала́ на стол и ждёт Ба́бу-ягу́. Начало́ смерка́ться, мелькну́л за воро́тами чёрный вса́дник — и совсе́м стемне́ло; то́лько свети́лись глаза́ у черепо́в. Затреща́ли дере́вья, захрусте́ли ли́стья — е́дет Ба́ба-яга́. Васили́са встре́тила её.

— Всё ли сде́лано? — спра́шивает Ба́ба-яга́.

— Изво́ль посмотре́ть сама́, ба́бушка!⁵³ — мо́лвила Васили́са.

Ба́ба-яга́ всё осмотре́ла, подоса́довала, что не́ за что рассерди́ться, и сказа́ла:

— Ну, хорошо́!

Пото́м кри́кнула:

— Ве́рные мой слу́ги, серде́чные дру́ги, смели́те мою́ пшени́цу!

Яви́лись три па́ры рук, схвати́ли пшени́цу и унесли́ вон из глаз. Ба́ба-яга́ нае́лась, ста́ла ложи́ться спать и опя́ть дала́ прика́з Васили́се:

— За́втра сде́лай ты то́ же, что и ны́нче,⁵⁴ да сверх того́ возьми́ из за́крома мак да очи́сти его́ от земли́ по зёрнышку, вишь, кто́-то по зло́бе земли́ в него́ намеша́л!

Сказа́ла стару́ха, поверну́лась к стене́ и захрапе́ла, а Васили́са приняла́сь корми́ть свою́ ку́колку. Ку́колка пое́ла и сказа́ла ей по-вчера́шнему:

— Моли́сь бо́гу да ложи́сь спать: у́тро ве́чера мудрене́е, всё бу́дет сде́лано, Васили́сушка!

---

52. which task she should set about doing first
53. please look for yourself, grandmother
54. do the same as before

Вопро́сы к те́ксту

5.1 Кто де́лал рабо́ту, Васили́са и́ли ку́кла?

5.2 Была́ ли Ба́ба-яга́ дово́льна рабо́той Васили́сы? Почему́?

5.3 Что Баба́-яга́ хо́чет, что́бы Васили́са сде́лала за́втра?

5.4 Успе́ет ли она́ всё сде́лать? Почему́?

Часть 6

Нау́тро Ба́ба-яга́ опя́ть уе́хала в сту́пе со двора́, а Васили́са с ку́колкой всю рабо́ту то́тчас испра́вили. Стару́ха вороти́лась, огляде́ла всё и кри́кнула:

— Ве́рные мои́ слу́ги, серде́чные дру́ги, вы́жмите из ма́ку ма́сло!

Яви́лись три па́ры рук, схвати́ли мак и унесли́ из глаз. Ба́ба-яга́ се́ла обе́дать; она́ ест, а Васили́са стои́т мо́лча.

— Что́ же ты ничего́ не говори́шь со мно́ю? — сказа́ла Ба́ба-яга́. — Стои́шь как нема́я?

— Не сме́ла, — отвеча́ла Васили́са, — а е́сли позво́лишь, то мне хоте́лось бы спроси́ть тебя́ кой о чём.

— Спра́шивай; то́лько не вся́кий вопро́с к добру́ ведёт: мно́го бу́дешь знать, ско́ро постаре́ешься!

— Я хочу́ спроси́ть тебя́, ба́бушка, то́лько о том, что ви́дела: когда́ я шла к тебе́, меня́ обогна́л вса́дник на бе́лом коне́, сам бе́лый и в бе́лой оде́жде: кто он тако́й?

— Э́то день мой я́сный, — отвеча́ла Ба́ба-яга́.

— Пото́м обогна́л меня́ друго́й вса́дник на кра́сном коне́, сам кра́сный и весь в кра́сном оде́т; э́то кто тако́й?

— Э́то моё со́лнышко кра́сное! — отвеча́ла Ба́ба-яга́.

— А что зна́чит чёрный вса́дник, кото́рый обогна́л меня́ у са́мых твои́х воро́т,⁵⁵ ба́бушка?

— Э́то ночь моя́ тёмная — все мои́ слу́ги ве́рные!

Васили́са вспо́мнила о трёх па́рах рук и молча́ла.

— Что́ же ты ещё не спра́шиваешь? — мо́лвила Ба́ба-яга́.

— Бу́дет с меня́ и э́того;⁵⁶ сама́ же ты, ба́бушка, сказа́ла, что мно́го узна́ешь — постаре́ешься.

— Хорошо́, — сказа́ла Ба́ба-яга́, — что ты спра́шиваешь то́лько о том, что вида́ла за двором́, а не во дворе́! Я не люблю́, что́бы у меня́ сор из избы́ выноси́ли, и сли́шком любопы́тных ем!⁵⁷ Тепе́рь я тебя́ спрошу́: как успева́ешь ты исполня́ть рабо́ту, кото́рую я задаю́ тебе́?

— Мне помога́ет благослове́ние мое́й ма́тери, — отвеча́ла Васили́са.

— Так во́т что! Убира́йся же ты от меня́, благослове́нная до́чка! Не ну́жно мне благослове́нных.

---

55. who passed me right in front of your gate

56. that's enough for me

57. I don't like it when people carry their trash out of their hut (similar to the phrase "I don't like it when people wash their dirty laundry in public")

Вытащила она Василису из горницы и вытолкала за ворота, сняла с забора один череп с горящими глазами и, наткнув на палку, отдала ей и сказала:

— Вот тебе огонь для мачехиных дочек, возьми его; они ведь за этим тебя сюда и прислали.

Вопросы к тексту

6.1 Как вы думаете, куда ездит Баба-яга каждое утро? Что она там делает?

6.2 О чём Василиса спрашивает Бабу-ягу?

6.3 Кто такие три всадника, которых видела Василиса?

6.4 Говорит ли Василиса Бабе-яге о куколке?

6.5 Почему Баба-яга отправила Василису домой?

6.6 Почему Баба-яга не любит благословённых?

6.7 Почему Баба-яга даёт Василисе череп?

Часть 7

Бегом пустилась Василиса при свете черепа,[58] который погас только с наступлением утра, и наконец к вечеру другого дня добралась до своего дома. Подходя к воротам, она хотела было бросить череп: «верно, дома, — думает себе, — уж больше в огне не нуждаются». Но вдруг послышался глухой голос из черепа:

— Не бросай меня, неси к мачехе!

Она взглянула на дом мачехи и, не видя ни в одном окне огонька, решилась идти туда с черепом. Впервые встретили её ласково и рассказали, что с той поры, как она ушла, у них не было в доме огня: сами высечь никак не могли,[59] а который огонь приносили от соседей — тот погасал, как только входили с ним в горницу.

— Авось твой огонь будет держаться![60] — сказала мачеха.

Внесли череп в горницу; а глаза у черепа так и глядят на мачеху и её дочерей, так и жгут! Те было прятаться, но куда не бросятся, глаза всюду за ними так и следят;[61] к утру совсем сожгло их в уголь;[62] одной Василисы не тронуло.[63]

Поутру Василиса зарыла череп в землю, заперла дом на замок, пошла в город и попросилась на житьё к одной безродной старушке; живёт себе и поджидает отца. Вот как-то говорит она старушке:

— Скучно мне сидеть без дела, бабушка! Сходи, купи мне льну самого лучшего; я хоть прясть буду.[64]

---

58. Vasilisa set off running by the light of the skull

59. they could not start a fire

60. maybe your fire will stay lit

61. they tried to hide, but no matter where they ran, the eyes followed them

62. by morning they burned up entirely

63. only Vasilisa was not touched (harmed)

64. go and buy me some of the the very best flax; I will at least spin (some cloth)

Старушка купила льну хорошего; Василиса села за дело, работа так и горит у неё, и пряжа выходит ровная да тонкая, как волосок. Набралось пряжи много; пора бы и за тканьё приниматься, да таких бёрд не найдут, чтобы годились на Василисину пряжу; никто не берётся и сделать-то. Василиса стала просить свою куколку, та и говорит:

— Принеси-ка мне какое-нибудь старое бедро, да старый челнок, да лошадиной гривы; я всё тебе смастерю.

Василиса добыла всё, что надо, и легла спать, а кукла за ночь приготовила славный стан. К концу зимы и полотно выткано, да такое тонкое, что сквозь иглу вместо нитки продеть можно.[65] Весною полотно выбелили, и Василиса говорит старухе:

— Продай, бабушка, это полотно, а деньги возьми себе.

Старуха взглянула на товар и ахнула:

— Нет, дитятко! Такого полотна, кроме царя, носить некому;[66] понесу во дворец.

Вопросы к тексту

7.1 Сколько времени Василиса идёт домой?
7.2 Что Василиса принесла домой? Почему?
7.3 Обрадовались ли мачеха и дочери, когда увидели Василису?
7.4 Почему череп смотрел на мачеху и дочерей? Смотрел ли череп на Василису?
7.5 Почему умерли мачеха и её дочери?
7.6 Куда пошла Василиса? Почему?
7.7 Что Василиса прядёт? Она хорошо прядёт?
7.8 Что Василиса хотела делать с полотном? Что говорила старуха об этом?

Часть 8

Пошла старуха к царским палатам да всё мимо окон похаживает. Царь увидел и спросил:

— Что тебе, старушка, надобно?

— Ваше царское величество, — отвечает старуха, — я принесла диковинный товар; никому, кроме тебя, показать не хочу.

Царь приказал впустить к себе старуху и как увидел полотно — вздивовался.

— Что хочешь за него? — спросил царь.

— Ему цены нет, царь-батюшка! Я тебе в дар его принесла.[67]

Поблагодарил царь и отпустил старуху с подарками.

Стали царю из того полотна сорочки шить; скроили, да нигде не могли найти швеи, которая взялась бы их работать. Долго искали; наконец царь позвал старуху и сказал:

---

65. the linen was so thin that it could pass through the eye of a needle like a thread
66. nobody except for the tsar should wear such linen
67. it is priceless, Father Tsar! I brought it to you as a gift

— Умéла ты напря́сть и соткáть полотнó, умéй из негó и сорóчки сшить.

— Не я, госудáрь, пря́ла и соткалá полотнó, — сказáла старýха, — э́то рабóта приёмыша моегó — дéвушки.

— Ну так пусть и сошьёт онá![68]

Воротúлась старýшка домóй и рассказáла обо всём Василúсе.

— Я знáла, — говорúт ей Василúса, — что э́та рабóта моúх рук не минýет.

Заперлáсь в свою́ гóрницу, принялáсь за рабóту; шúла онá не подклáдываючи рук, и скóро дю́жина сорóчек былá готóва.

Старýха понеслá к царю́ сорóчки, а Василúса умы́лась, причесáлась, одéлась и сéла под окнóм. Сидúт себé и ждёт, что бýдет. Вúдит: на двор к старýхе идёт цáрский слугá; вошёл в гóрницу и говорúт:

— Царь-госудáрь хóчет вúдеть искýсницу, что рабóтала емý сорóчки, и награ́дить её из своúх цáрских рук.

Пошлá Василúса и явúлась пéред óчи цáрские. Как увúдел царь Василúсу Прекрáсную, так и влюбúлся в неё без пáмяти.

— Нет, — говорúт он, — красáвица моя́! Не расстáнусь я с тобóю; ты бýдешь моéй женóю.

Тут взял Василúсу за бéлые рýки, посадúл её пóдле себя́, а там и свáдебку сыгрáли. Скóро воротúлся и отéц Василúсы, порáдовался об её судьбé и остáлся жить при дóчери. Старýшку Василúса взялá к себé, а кýколку по конéц жúзни своéй всегдá носúла в кармáне.

Вопрóсы к тéксту

    8.1   Комý старýха принóсит полотнó?

    8.2   Скóлько онá прóсит за негó?

    8.3   Что Василúса сшúла царю́?

    8.4   Помогáет ли кýколка Василúсе шить?

    8.5   Как вы дýмаете, почемý царь влюбúлся в Василúсу, как тóлько увúдел её?

    8.6   На ком царь женúлся?

    8.7   Где кýколка в концé скáзки?

---

68. well, let her sew (them)

После чтения

Упражнения

I. Ве́рно (+) и́ли неве́рно (−)?

1. _____ Оте́ц подари́л Васили́се ку́клу.

2. _____ У ма́чехи две до́чери.

3. _____ Сво́дные сёстры хорошо́ относи́лись к Васили́се.

4. _____ Ку́колка помога́ет ма́чехе убира́ть ко́мнату.

5. _____ Хорошо́ бы́ло Васили́се жить с ку́колкой.

6. _____ Посла́ли Васили́су к Ба́бе-яге́.

7. _____ Васили́са ви́дела зелёного вса́дника.

8. _____ Ба́ба-яга́ дала́ Васили́се ого́нь.

9. _____ Ма́чеха и её до́чери у́мерли.

10. _____ Васили́са хоте́ла прода́ть полотно́.

11. _____ Стару́ха принесла́ полотно́ Ба́бе-яге́.

12. _____ Царь-госуда́рь влюби́лся в Васили́су.

13. _____ Васили́са носи́ла ку́колку всю жизнь в карма́не.

II. **Кто говори́т сле́дующие фра́зы? Кому́?** Identify who says the following quotes and to whom. Remember to use the dative case for the person to whom the quote is addressed: расска́зчик, оте́ц Васили́сы, мать Васили́сы, Васили́са, ма́чеха, сво́дные сёстры, Ба́ба-яга́, ку́кла, че́реп, стару́ха, царь-госуда́рь.

Кто?			Кому́?
1.		«В не́котором ца́рстве жил-был купе́ц»	1.
2.		«Не вы́дам меньшо́й пре́жде ста́рших»	2.
3.		«Мы спим-не спим, ду́му ду́маем, что хотя́т нас всех поре́зать»	3.
4.		«Огня́ нет в це́лом до́ме, а уро́ки на́ши не ко́нчены»	4.
5.		«Фу, фу! Ру́сским ду́хом па́хнет»	5.
6.		«Тяжёлую дала́ мне Ба́ба-яга́ рабо́ту и грози́тся съесть меня́»	6.
7.		«Не бо́йся! Утро мудрене́й ве́чера»	7.
8.		«Что же ты ничего́ не говори́шь со мно́ю»	8.
9.		«Мне хоте́лось бы спроси́ть тебя́ кой о чём»	9.
10.		«Не броса́й меня́, неси́ к ма́чехе»	10.
11.		«Тако́го полотна́, кро́ме царя́, носи́ть не́кому»	11.
12.		«Краса́вица моя́! Не расста́нусь я с тобо́ю»	12.

III. **Упражне́ние. Ко́свенная речь.** Pick five of the quotations from the previous exercise and transform them into indirect speech. Keep in mind that requests and demands require the use of **что́бы** followed by past-tense verb forms. Quotations that are statements require the use of **что**.

Direct speech: «Пуска́й сошью́т к за́втрему по руба́шке».
Indirect speech: Царь хо́чет, **что́бы** они́ сши́ли к за́втрему по руба́шке.

Direct speech: «У́тро ве́чера мудрене́е».
Indirect speech: Лягу́шка сказа́ла Ива́ну, **что** у́тро мудрене́й ве́чера.

IV. **Вопро́сы для обсужде́ния**

1. Нра́вится ли вам Васили́са Прекра́сная? Почему́?

2. Нра́вится ли вам ку́кла? Почему́?

3. Вы бы хоте́ли име́ть таку́ю ку́клу? Почему́?

4. Е́сли бы у вас была́ така́я ку́кла, что вы бы проси́ли у неё? Почему́?

5. Каку́ю роль игра́ет Ба́ба-яга́ в э́той ска́зке? Помога́ет ли Ба́ба-яга́ Васили́се? Почему́?

6. Почему́ царь жени́лся на Васили́се? Что вы ду́маете об э́том?

7. Похо́жа ли Васили́са на други́х герои́нь? На каки́х?

V. **Разыгра́йте**

1. Imagine Vasilisa has been invited to speak about her experience on a popular television show. Compose an interview in which the host asks Vasilisa about her adventures.

2. Imagine you had Vasilisa's doll. Compose a dialogue in which you tell the doll what chores or duties you need help with. See whether the doll will assist you in completing your tasks.

3. Imagine Baba-Yaga decided to attend Vasilisa's wedding reception. Compose a scene with Baba-Yaga, Vasilisa, Vasilisa's father, and the tsar. What would they say to each other?

4. Imagine three female characters from other tales you have read (for example, «Бе́лая у́точка», «Царе́вна-лягу́шка», «Васили́са Прекра́сная») gather to discuss the advantages and disadvantages of being a folk heroine. Compose a dialogue between the three women in which they ask one another about their experiences, what they think of Baba-Yaga, and how their life has changed since the end of their fairy tales.

VI. **Культу́ра.** Pick four to six material objects or verbs associated with Vasilisa's daily routine. What do these objects tell us about the culture that created this story?

VII. **Упражне́ние. Помога́ть.** «Ку́колка помога́ет Васили́се» (The doll helps Vasilisa). Say the following people help the listed individuals.

Remember: **помога́ть + кому́**

1. я / наш друг
2. мы / их сестра́
3. Ива́н Петро́вич / колле́ги
4. они́ / э́тот но́вый ру́сский студе́нт
5. вы / молода́я студе́нтка
6. ты / мой преподава́тель
7. она́ / ва́ша ма́ма
8. па́па / дочь

VIII. **Упражне́ние. Сове́товать**

А. «Ку́колка сове́тует Васили́се не волнова́ться» (The doll advises Vasilisa not to worry). Using the columns below, form sentences for people advising others on what to do / not to do.

Remember: **сове́товать (я сове́тую, ты сове́туешь, они́ сове́туют) + кому́**

я		друг	говори́ть по-ру́сски
ты		студе́нтка	чита́ть кни́ги
брат	(не) сове́товать	преподава́тель	смотре́ть но́вый фильм
сестра́		друзья́	игра́ть в баскетбо́л
студе́нты		ма́ма	писа́ть расска́зы
мы		де́ти	ра́но ложи́ться спать
вы		иностра́нцы	занима́ться

Б. **What advice do these people typically give?** Finish the sentences below.

1. Врачи́ сове́туют пацие́нтам...

2. Роди́тели сове́туют де́тям...

3. Де́ти сове́туют роди́телям...

4. Преподава́тели сове́туют студе́нтам...

5. Студéнты совéтуют преподавáтелям...

6. Брáтья совéтуют сёстрам...

7. Сёстры совéтуют брáтьям...

8. Друзья́ совéтуют мне...

9. Я совéтую друзья́м...

B. **What advice have you received from others that you have found particularly helpful?** Write about at least three pieces of advice you were given and why the advice was helpful.

IX. **Упражнéние.** Бáба-ягá «рáно просыпáется» и «пóздно ложи́тся спать» (Baba-Yaga wakes up early and goes to bed late). Say when the following people wake up and go to bed.

Образéц: Сáша—5, 10
Сáша просыпáется в пять часóв и ложи́тся спать в дéсять часóв.

1. Влади́мир Петрóвич—7, 11
2. Евгéния Ивáновна—6:30, 10:30
3. Бори́с Алексéевич—8:45, 12
4. студéнты—8, 11:30
5. дéти—5:30, 10
6. мы—9, 12:30

X. **Упражнéние.** Бáба-ягá говори́т: «Фу, фу! Рýсским дýхом пáхнет!» (Ew! It smells like a Russian!). Say it smells like the items listed below.

Remember: **пáхнуть + чем**

Образéц: ýксус
Здесь пáхнет ýксусом.

1. чеснóк
2. лук
3. цветы́
4. духи́
5. ры́ба
6. рóзы
7. мýсор
8. свéжий лимóн
9. вкýсный сóус

XI. **Упражне́ние. Кому́ + ску́чно.** Васили́са говори́т: «Ску́чно мне сиде́ть без де́ла!» (I'm bored with nothing to do!). When are you bored? Write three to four sentences about when you are bored and why.

_____

_____

_____

_____

_____

_____

XII. **Упражне́ние. Дееприча́стия.** A gerund is a verbal adverb. Gerunds answer the same types of questions as adverbs (**когда́, как, почему́**). They take their tense from the sentence in which they are found. They have no gender, number, or case and they never change. Gerunds are formed from the third person plural form in the present tense, by dropping the endings and adding either **-я** or **-а**.

Examine the following sentences from the tale and underline the gerunds. Give an English equivalent of the phrases.

1. Умира́я, купчи́ха призвала́ к себе́ до́чку.

2. Ве́чером, как все уля́гутся, она́ запрётся в чула́нчике, где жила́, и по́тчует её, пригова́ривая: — На, ку́колка, поку́шай!

3. Васили́са дрожа́ла со стра́ху, но, не зна́я, куда́ бежа́ть, остава́лась на ме́сте.

4. Воро́та отвори́лись, а Ба́ба-яга́ въе́хала, посви́стывая. . .

5. — Тебе́ оста́лось то́лько обе́д состря́пать, — отвеча́ла ку́колка, влеза́я в карма́н Васили́сы.

6. Подходя́ к воро́там, она́ хоте́ла бы́ло бро́сить че́реп.

XIII. Письмо́

1. Draw your own version of Baba-Yaga's hut and label the parts of her house. Then describe what she has in each of the rooms.

2. Imagine you are Vasilisa's stepmother. You just sent Vasilisa to Baba-Yaga's hut. Write a letter to your husband and explain what is happening at home. Make sure to give a detailed account from your point of view of the relationship between you and Vasilisa.

3. Write the scene where the stepmother and her daughters are home, but Vasilisa has already left. What do they talk about? What are their emotions? What do they think when Vasilisa is gone for a long time?

4. Imagine you are Vasilisa and your father just left for his trip. Write him a letter explaining how your stepmother and stepsisters are treating you.

5. Imagine you are Vasilisa and have just arrived at Baba-Yaga's hut. Write a letter home to your father explaining why you are there, what you have to do for Baba-Yaga, and what you think of her house.

6. Some people argue that Baba-Yaga is a villain in Russian folktales. What do you think? Is she a positive or negative character? Why or why not? Explain your point of view using at least two episodes from a folktale featuring Baba-Yaga.

XIV. Дополни́тельный материа́л

1. Search online for cartoon adaptations of **«Васили́са Прекра́сная»**. You can find one from 1977 produced by the studio Союзмультфи́льм. Working on your own or in groups, decide how the cartoon version you found compares with the one you read. What are the similarities or differences between the written text and the cartoon? Which version do you prefer? Why?

2. Search online for illustrations of this tale. To get your search started, try looking for **«Васили́са Прекра́сная»**. Find a picture that shows the characters together. Write out a description of what you think is happening in the picture. Share your picture and description with a classmate. Report back to your class what you have learned.

3. Create a "director's cut" (**режиссёрская ве́рсия**) of the fairy tale. Imagine a scene that is not included in the fairy tale but that could have happened. Write out a script of your missing scene, then record it for your classmates and instructor. Be ready to explain why you made the choices you did.

Ска́зка об Ива́не-царе́виче, жар-пти́це и о се́ром во́лке
Prince Ivan, the Firebird, and the Gray Wolf

Пе́ред чте́нием

Упражне́ния

А. **Описа́ние**

1. *Prince Ivan is a common hero in Russian folktales. Make a list of adjectives in Russian that you feel should apply to the hero of a folktale. Save this list because you will need it after you have read the tale.*

2. *Look at the title and scan the tale to find the names of as many characters* **(персона́жи)** *as you can. Using what you know about fairy tales, decide whether you think these characters will be positive* **(положи́тельный)**, *negative* **(отрица́тельный)**, *or neutral* **(нейтра́льный)**. *Place the characters you find into one of these three categories.*

Положи́тельный	Отрица́тельный	Нейтра́льный

Б. **Грамма́тика**

1. *Short-form adjectives. You will encounter short-form adjectives in this tale. Short-form adjectives agree only in gender and number. They do not decline. In modern Russian, short-form adjectives can denote a temporary or qualified condition. Look at the following passages and underline the short-form adjectives. Draw a line between the noun and the adjective it modifies.*

   а. Это перо́ бы́ло так чу́дно и светло́, что е́жели принести́ его́ в тёмную го́рницу, то оно́ так сия́ло, как бы в том поко́е бы́ло зажжено́ вели́кое мно́жество свече́й.

   б. Ты ещё мо́лод и к тако́му да́льнему и тру́дному пути́ непривы́чен; заче́м тебе́ от меня́ отлуча́ться?

   в. А в чи́стом по́ле стои́т столб, а на столбу́ напи́саны э́ти слова́: «Кто пое́дет от столба́ сего́ пря́мо, тот бу́дет го́лоден и хо́лоден; кто пое́дет в пра́вую сто́рону, тот бу́дет здрав и жив, а конь его́ бу́дет мёртв; а кто пое́дет в ле́вую сто́рону, тот сам бу́дет уби́т, а конь его́ жив и здрав оста́нется».

2. *Fairy tales often use rare or older words that have more common variants. From the context try to figure out the meaning of the underlined words, then replace them with a more common form given below:*

о́чень	гу́бы	е́сли	пешко́м
слы́шал	уви́дела	тюрьма́	сильне́е
рассерди́лся	сказа́л	молодо́й	

   а. Дми́трий-царе́вич . . . засну́л и не <u>слыха́л</u>, как та жар-пти́ца прилете́ла и я́блок <u>весьма́</u> мно́го ощипа́ла.

   б. Се́рый волк помча́лся с ним <u>пу́ще</u> коня́. . .

   в. Ива́н-царе́вич запла́кал го́рько и пошёл <u>пе́ший</u>. . .

   г. Ты жар-пти́цу возьми́, а золоту́ю кле́тку не тро́гай; <u>е́жели</u> кле́тку возьмёшь, то тебе́ отту́да не уйти́ бу́дет: тебя́ то́тчас пойма́ют!

   д. — Ох ты гой еси́, <u>младо́й</u> ю́ноша, Ива́н-царе́вич! — <u>мо́лвил</u> ему́ се́рый волк. — Для чего́ ты сло́ва моего́ не слу́шался и взял золоту́ю кле́тку?

е. Иван-царевич вошёл в палаты, и как скоро Елена Прекрасная увидала его, тотчас выскочила из-за стола. . .

ё. Поцеловал его в уста сахарные.

ж. Царь Выслав весьма осердился на Дмитрия и Василия-царевичей и посадил их в темницу.

В. **Новые слова.** *Define the words listed below. Find words in the first two columns that have similar roots. What part of speech are the words in column two?*

губы	Column 2	Part of Speech Column 2
яблоко—	придворный—	
любить—	живой—	
жить—	яблоня—	
камень—	объявить—	
двор—	златогривый—	
служба—	любимый—	
вина—	виноватый—	
грива—	служить—	
объявление—	каменный—	

Г. **Образ Ивана-царевича и жар-птицы в искусстве.** *Ivan Bilibin created several famous illustrations for this fairy tale. Look at the illustration of Ivan Tsarevich with the Firebird and complete the following assignments.*

1. Describe Ivan Tsarevich in as much detail as possible. Make sure to include what he looks like, what he is wearing, what he is doing, and what kind of hero you think he will be.

2. Describe the Firebird in as much detail as possible. Make sure to include what it looks like, what color it is, what it is doing, and whether you think the bird has magical powers.

Д. Вопро́сы для обсужде́ния

1. У вас есть ста́ршие бра́тья и́ли сёстры? Как вы отно́ситесь друг к дру́гу?

2. У Ива́на-царе́вича два ста́рших бра́та. Как вы ду́маете, каки́е у них отноше́ния?

3. Каку́ю роль обы́чно игра́ет мла́дший брат в ска́зках?

4. Каку́ю роль обы́чно игра́ет ста́рший брат в ска́зках?

5. Каку́ю роль обы́чно игра́ют живо́тные в ска́зках?

E. **Культу́ра.** This fairy tale inspired generations of artists, musicians, and writers. The Russian composer **Igor' Stravinsky** (1882–1971) transformed the tale for one of the world's most famous ballets, *The Firebird*. The production debuted in Paris in 1910 and was one of the hallmark performances of Sergei Diaghilev's Ballets Russes company. Complete the following exercises to find out more about the ballet.

1. Find a description of the ballet *The Firebird* online and give a synopsis of it in Russian.

2. Look online for a filmed version of the ballet. Watch it on your own or in groups. Give a presentation in which you include answers to the following questions:

    а. Когда́ и где поста́вили бале́т?
    б. Кто хорео́граф постано́вки?
    в. Кто танцева́л в бале́те?
    г. Опиши́те костю́мы и декора́ции постано́вки.
    д. Что зри́тели ду́мали о постано́вке?
    е. Вам понра́вился бале́т? Почему́, и́ли почему́ нет?

3. After reading the tale, compare it with the performance you watched. Is the ballet similar to or different from the tale? How does knowing the tale inform your understanding of the ballet and what takes place onstage?

Чте́ние

Ска́зка об Ива́не-царе́виче, жар-пти́це и о се́ром во́лке
Prince Ivan, the Firebird, and the Gray Wolf

Часть 1

В не́котором ца́рстве, в не́котором госуда́рстве жил-был царь, по и́мени Высла́в Андро́нович. У него́ бы́ло три сы́на-царе́вича: пе́рвый — Дми́трий-царе́вич, друго́й — Васи́лий-царе́вич, а тре́тий — Ива́н-царе́вич.

У того́ царя́ Высла́ва Андро́новича был сад тако́й бога́тый, что ни в кото́ром госуда́рстве лу́чше того́ не́ было; в том саду́ росли́ ра́зные дороги́е дере́вья с плода́ми и без плодо́в, и была́ у царя́ одна́ я́блоня люби́мая, и на той я́блоне росли́ я́блочки все золоты́е.

Повади́лась к царю́ Высла́ву в сад лета́ть жар-пти́ца; на ней пе́рья золоты́е, а глаза́ восто́чному хруста́лю подо́бны.[69] Лета́ла она́ в тот сад ка́ждую ночь и сади́лась на люби́мую Высла́ва-царя́ я́блоню, срыва́ла с неё золоты́е я́блочки и опя́ть улета́ла.

---

69. eyes like Eastern crystal

Царь Выслáв Андрóнович весьмá крушился о той яблоне, что жар-птица мнóго яблок с неё сорвалá; почему́ призвáл к себé трёх свойх сыновéй и сказáл им:

— Дéти мои любéзные! Кто из вас мóжет поймáть в моём саду́ жар-птицу? Кто изловит её живу́ю, тому́ ещё при жизни моéй отдáм половину цáрства, а по смéрти и всё.

Тогдá дéти егó царéвичи возопили единоглáсно:

— Милостивый госудáрь-бáтюшка, вáше цáрское величество! Мы с великою рáдостью бу́дем старáться поймáть жар-птицу живу́ю.

На пéрвую ночь пошёл караýлить в сад Дмитрий-царéвич и, усéвшись под ту я́блоню, с котóрой жар-птица я́блочки срывáла, заснýл и не слыхáл, как та жар-птица прилетéла и я́блок весьмá мнóго ощипáла.

Поутру́ царь Выслáв Андрóнович призвáл к себé своегó сы́на Дмитрия-царéвича и спросил:

— Чтó, сын мой любéзный, видел ли ты жар-птицу или нет?

Он родителю своему́ отвечáл:

— Нет, милостивый госудáрь-бáтюшка! Онá эту ночь не прилетáла.

В другу́ю ночь пошёл в сад караýлить жар-птицу Василий-царéвич. Он сел под ту же я́блоню и, сидя час и другóй нóчи, заснýл так крéпко, что не слыхáл, как жар-птица прилетéла и я́блочки щипáла.

Поутру́ царь Выслáв призвáл егó к себé и спрáшивал:

— Чтó, сын мой любéзный, видел ли ты жар-птицу или нет?

— Милостивый госудáрь-бáтюшка! Онá эту ночь не прилетáла.

Вопрóсы к тéксту

1.1 Как зову́т царя́? Скóлько у негó сыновéй?

1.2 Почему́ царю́ нрáвится э́та я́блоня?

1.3 Опишите жар-птицу. Как онá вы́глядит?

1.4 Что дéлает жар-птица нóчью?

1.5 Почему́ царь Выслáв хóчет поймáть жар-птицу?

1.6 Что даст царь Выслáв тому́ человéку, котóрый поймáет птицу?

1.7 Хóчет ли царь Выслáв убить жар-птицу?

1.8 Хорошó ли караýлил Дмитрий-царéвич? А Василий-царéвич? Почему́?

1.9 Как вы ду́маете, почему́ жар-птица хóчет именно э́ти я́блоки?

1.10 Поймáл ли жар-птицу кто-нибу́дь?

Часть 2

На трéтью ночь пошёл в сад караýлить Ивáн-царéвич и сел под ту же я́блоню; сидит он час, другóй и трéтий — вдруг осветило весь сад так, как бы он мнóгими огня́ми освещён был:[70] прилетéла жар-птица, сéла на я́блоню и начáла щипáть я́блочки.

Ивáн-царéвич подкрáлся к ней так иску́сно, что ухватил её за хвост; однáко не мог её удержáть: жар-птица вы́рвалась и полетéла, и остáлось у Ивáна-

---

70. suddenly the entire garden was lit up as if it were illuminated by many lights

царе́вича в руке́ то́лько одно́ перо́ из хвоста́, за кото́рое он весьма́ кре́пко держа́лся.

Поутру́, лишь то́лько царь Высла́в от сна пробуди́лся,[71] Ива́н-царе́вич пошёл к нему́ и о́тдал ему́ пёрышко жар-пти́цы.

Царь Высла́в весьма́ был обра́дован, что меньшо́му его́ сы́ну удало́сь хотя́ одно́ перо́ доста́ть от жар-пти́цы.

Э́то перо́ бы́ло так чу́дно и светло́, что е́жели принести́ его́ в тёмную го́рницу, то оно́ так сия́ло, как бы в том поко́е бы́ло зажжено́ вели́кое мно́жество свече́й. Царь Высла́в положи́л то пёрышко в свой кабине́т как таку́ю вещь, кото́рая должна́ ве́чно храни́ться. С тех пор жар-пти́ца не лета́ла уже́ в сад.

Вопро́сы к те́ксту

    2.1   Почему́ пти́ца называ́ется жар-пти́цей?

    2.2   Пойма́л ли Ива́н жар-пти́цу? Почему́?

    2.3   Что Ива́н подари́л отцу́?

    2.4   Почему́ жар-пти́ца переста́ла лета́ть к царю́ в сад?

Часть 3

Царь Высла́в опя́ть призва́л к себе́ дете́й свои́х и говори́л им:

— Де́ти мои́ любе́зные! Поезжа́йте, я даю́ вам своё благослове́ние, отыщи́те жар-пти́цу и привези́те ко мне живу́ю; а что пре́жде я обеща́л, то, коне́чно, полу́чит тот, кто жар-пти́цу ко мне привезёт.

Дми́трий и Васи́лий-царе́вичи на́чали име́ть зло́бу на меньшо́го своего́ бра́та Ива́на-царе́вича, что ему́ удало́сь вы́дернуть у жар-пти́цы из хвоста́ перо́; взя́ли они́ от отца́ благослове́ние и пое́хали дво́е отыскивать жар-пти́цу.

А Ива́н-царе́вич та́кже на́чал у роди́теля своего́ проси́ть на то благослове́ния. Царь Высла́в сказа́л ему́:

— Сын мой любе́зный, ча́до моё ми́лое! Ты ещё мо́лод и к тако́му да́льнему и тру́дному пути́ непривы́чен; заче́м тебе́ от меня́ отлуча́ться?[72] Ведь бра́тья твои́ и так пое́хали. Ну, е́жели и ты от меня́ уе́дешь, и вы все тро́е до́лго не возврати́тесь? Я уже́ при ста́рости и хожу́ под Бо́гом;[73] е́жели во вре́мя отлу́чки ва́шей Госпо́дь Бог отни́мет мою́ жизнь, то кто вме́сто меня́ бу́дет управля́ть мои́м ца́рством? Тогда́ мо́жет сде́латься бунт и́ли несогла́сие ме́жду на́шим наро́дом, а уня́ть бу́дет не́кому; и́ли неприя́тель под на́ши о́бласти подсту́пит, а управля́ть войска́ми на́шими бу́дет не́кому.

Одна́ко ско́лько царь Высла́в ни стара́лся уде́рживать Ива́на-царе́вича, но ника́к не мог не отпусти́ть его́, по его́ неотсту́пной про́сьбе.[74] Ива́н-царе́вич взял у роди́теля своего́ благослове́ние, вы́брал себе́ коня́, и пое́хал в путь, и е́хал, сам не зна́я, куда́ е́дет.

---

71. early in the morning, as soon as Tsar Vyslav woke up from his sleep

72. why should you go away from me

73. I am already in old age and walk under God (you never know when you will die)

74. no matter how much Tsar Vyslav tried to restrain Prince Ivan, he could not help but let him go at his persistent request

Едучи путём-дорогою, близко ли, далеко ли, низко ли, высоко ли, скоро сказка сказывается, да не скоро дело делается, наконец приехал он в чистое поле,[75] в зелёные луга. А в чистом поле стоит столб, а на столбу написаны эти слова: «Кто поедет от столба сего прямо, тот будет голоден и холоден; кто поедет в правую сторону, тот будет здрав и жив, а конь его будет мёртв; а кто поедет в левую сторону, тот сам будет убит, а конь его жив и здрав останется».

Вопросы к тексту

3.1 О чём царь Выслав просит своих старших сыновей? Почему он не хочет отпустить Ивана-царевича?

3.2 Как Дмитрий и Василий относились к Ивану? Почему?

3.3 Поехал ли Иван-царевич искать жар-птицу в конце концов?

3.4 Знал ли Иван-царевич, куда он ехал?

3.5 Что было написано на столбе? Объясните своими словами.

3.6 Как вы думаете, в какую сторону он поедет?

3.7 Куда бы вы поехали, если бы вы были Иваном-царевичем: налево, направо или прямо? Почему?

Часть 4

Иван-царевич прочёл эту надпись и поехал в правую сторону, держа на уме:[76] хотя конь его и убит будет, зато сам жив останется и со временем может достать себе другого коня.

Он ехал день, другой и третий — вдруг вышел ему навстречу пребольшой серый волк и сказал:

— Ох ты гой еси,[77] младой юноша, Иван-царевич! Ведь ты читал, на столбе написано, что конь твой будет мёртв; так зачем сюда едешь?

Волк вымолвил эти слова, разорвал коня Ивана-царевича надвое и пошёл прочь в сторону.

Иван-царевич сокрушался по своему коню, заплакал горько и пошёл пеший.

Он шёл целый день и устал несказанно и только что хотел присесть отдохнуть, вдруг нагнал его серый волк и сказал ему:

— Жаль мне тебя, Иван-царевич,[78] что ты пеш изнурился; жаль мне и того, что я заел твоего доброго коня. Добро! Садись на меня, на серого волка, и скажи, куда тебя везти и зачем?

Иван-царевич сказал серому волку куда ему ехать надобно; и серый волк помчался с ним пуще коня и через некоторое время как раз ночью привёз Ивана-царевича к каменной стене не очень высокой, остановился и сказал:

---

75. riding on his way, near or far, low or high, a tale is soon told, but a deed is not soon done, finally he arrived at an open field

76. keeping in mind

77. a greeting used in fairy tales that wishes one health

78. I feel bad for you, Prince Ivan

— Ну, Иван-царевич, слезай с меня, с серого волка, и полезай через эту каменную стену; тут за стеною сад, а в том саду жар-птица сидит в золотой клетке. Ты жар-птицу возьми, а золотую клетку не трогай; ежели клетку возьмёшь, то тебе оттуда не уйти будет:[79] тебя тотчас поймают!

Иван-царевич перелез через каменную стену в сад, увидел жар-птицу в золотой клетке и очень на неё прельстился. Вынул птицу из клетки и пошёл назад, да потом одумался и сказал сам себе:

— Что я взял жар-птицу без клетки, куда я её посажу?

Воротился и лишь только снял золотую клетку — то вдруг пошёл стук и гром по всему саду, ибо к той золотой клетке были струны приведены. Караульные тотчас проснулись, прибежали в сад, поймали Ивана-царевича с жар-птицею и привели к своему царю, которого звали Долматом.

Вопросы к тексту

4.1 В какую сторону поехал Иван-царевич? Почему?

4.2 Сколько дней Иван-царевич был на дороге, когда он встретил волка?

4.3 Что случилось с конём Ивана-царевича?

4.4 Почему волк вернулся к Ивану-царевичу?

4.5 Что волк советует Ивану-царевичу, когда доехали до каменной стены?

4.6 Что сделал Иван-царевич после того, как перелез через каменную стену?

4.7 Послушался ли Иван-царевич предупреждения волка? Что случилось вслед за этим?

Часть 5

Царь Долмат весьма разгневался на Ивана-царевича и вскричал на него громким и сердитым голосом:

— Как не стыдно тебе, младой юноша, воровать! Да кто ты таков, и которой земли, и какого отца сын, и как тебя по имени зовут?

Иван-царевич ему молвил:

— Я есмь из царства Выславова, сын царя Выслава Андроновича, а зовут меня Иван-царевич. Твоя жар-птица повадилась к нам летать в сад по всякую ночь, и срывала с любимой отца моего яблони золотые яблочки, и почти всё дерево испортила; для того послал меня мой родитель, чтобы сыскать жар-птицу и к нему привезти.

— Ох ты, младой юноша, Иван-царевич, — молвил царь Долмат, — пригоже ли так делать, как ты сделал? Ты бы пришёл ко мне, я бы тебе жар-птицу честию отдал; а теперь хорошо ли будет, когда я разошлю во все государства о тебе объявить, как ты в моём государстве нечестно поступил? Однако слушай, Иван-царевич! Ежели ты сослужишь мне службу — съездишь за тридевять земель, в тридесятое государство, и достанешь мне от царя Афрона коня златогривого, то я тебя в твоей вине прощу и жар-птицу

---

79. then you will not get out of there

тебе́ с вели́кою че́стью отда́м; а е́жели не сослу́жишь э́той слу́жбы, то дам о тебе́ знать во все госуда́рства, что ты нече́стный вор.[80]

Ива́н-царе́вич пошёл от царя́ Долма́та в вели́кой печа́ли, обеща́я ему́ доста́ть коня́ златогри́вого.

Пришёл он к се́рому во́лку и рассказа́л ему́ обо всём, что ему́ царь Долма́т говори́л.

— Ох ты гой еси́, младо́й ю́ноша, Ива́н-царе́вич! — мо́лвил ему́ се́рый волк. — Для чего́ ты сло́ва моего́ не слу́шался и взял золоту́ю кле́тку?

— Винова́т я пе́ред тобо́ю, — сказа́л во́лку Ива́н-царе́вич.

— Добро́, быть так! — мо́лвил се́рый волк. — Сади́сь на меня́, на се́рого во́лка; я тебя́ свезу́, куда́ тебе́ на́добно.

Ива́н-царе́вич сел се́рому во́лку на́ спину; а волк побежа́л так ско́ро,[81] как стрела́, и бежа́л он до́лго ли, ко́ротко ли, наконе́ц прибежа́л в госуда́рство царя́ Афро́на но́чью.

Вопро́сы к те́ксту

    5.1   Почему́ царь Долма́т рассерди́лся на Ива́на?

    5.2   Что Ива́н до́лжен был сде́лать, что́бы че́стно доста́ть жар-пти́цу?

    5.3   Что Ива́ну на́до сде́лать, что́бы царь Долма́т прости́л его́?

    5.4   Как се́рый волк помо́жет Ива́ну?

    5.5   Е́сли бы вы бы́ли се́рым во́лком, что вы бы сказа́ли Ива́ну?

Часть 6

И, прише́дши к белока́менным ца́рским коню́шням, се́рый волк Ива́ну-царе́вичу сказа́л:

— Ступа́й, Ива́н-царе́вич, в э́ти белока́менные коню́шни (тепе́рь карау́льные ко́нюхи все кре́пко спят!) и бери́ ты коня́ златогри́вого. То́лько тут на стене́ виси́т золота́я узда́, ты её не бери́, а то ху́до тебе́ бу́дет.

Ива́н-царе́вич, вступя́ в белока́менные коню́шни, взял коня́ и пошёл бы́ло наза́д;[82] но уви́дел на стене́ золоту́ю узду́ и так на неё прельсти́лся, что снял её с гвоздя́, и то́лько что снял — как вдруг пошёл гром и шум по всем коню́шням, потому́ что к той узде́ бы́ли стру́ны приведены́. Карау́льные ко́нюхи то́тчас просну́лись, прибежа́ли, Ива́на-царе́вича пойма́ли и повели́ к царю́ Афро́ну.

Царь Афро́н на́чал его́ спра́шивать:

— Ох гой ты еси́, младо́й ю́ноша! Скажи́ мне, из кото́рого ты госуда́рства, и кото́рого отца́ сын, и как тебя́ по и́мени зову́т?

На то отвеча́л ему́ Ива́н-царе́вич:

---

80. if you don't do (me) this service, then I will let all governments know that you are a dishonest thief

81. the wolf ran off so quickly (**ско́ро** here is used in the sense of **бы́стро**)

82. Prince Ivan, having entered the white-stone stables, took the horse and was about to go back (the past-tense form **бы́ло**, when used with a past-tense perfective verb, indicates that the action was about to take place but for some reason did not)

— Я сам из ца́рства Выслáвова, сын царя́ Выслáва Андрóновича, а зову́т меня́ Ивáном-царéвичем.

— Ох ты, младóй ю́ноша, Ивáн-царéвич! — сказáл ему́ царь Афрóн. — Чéстного ли ры́царя э́то дéло, котóрое ты сдéлал? Ты бы пришёл ко мне, я бы тебé коня́ златогри́вого с чéстию о́тдал. А тепéрь хорошó ли тебé бу́дет, когдá я разошлю́ во все госудáрства объяви́ть, как ты нечéстно в моём госудáрстве поступи́л? Однáко слу́шай, Ивáн-царéвич! Ежели ты сослу́жишь мне слу́жбу — съéздишь за три́девять земéль, в тридеся́тое госудáрство, и достáнешь мне королéвну Елéну Прекрáсную, в котóрую я давнó и душóю и сéрдцем влюби́лся, а достáть не могу́, то я тебé э́ту вину́ прощу́ и коня́ златогри́вого с золотóю уздóю чéстно отдáм. А ежели э́той слу́жбы мне не сослу́жишь, то я о тебé дам знать во все госудáрства, что ты нечéстный вор, и пропишу́ всё, как ты в моём госудáрстве ду́рно сдéлал.

Тогдá Ивáн-царéвич обещáлся царю́ Афрóну королéвну Елéну Прекрáсную достáть, а сам пошёл из палáт его́ и гóрько заплáкал.

Пришёл к сéрому вóлку и рассказáл всё, что с ним случи́лось.

— Ох ты гой еси́, младóй ю́ноша, Ивáн-царéвич! — мóлвил ему́ сéрый волк. — Для чего ты слóва моегó не слу́шался и взял золоту́ю узду́?

— Виновáт я пéред тобóю, — сказáл вóлку Ивáн-царéвич.

— Добрó, быть так! — продолжáл сéрый волк, — Сади́сь на меня́, на сéрого вóлка; я тебя́ свезу́, кудá тебé нáдобно.

Ивáн-царéвич сел сéрому вóлку нá спину; а волк побежáл так скóро, как стрелá, и бежáл он, как бы в скáзке сказáть, недóлгое врéмя и, наконéц, прибежáл в госудáрство королéвны Елéны Прекрáсной.

И, пришéдши к золотóй решётке, котóрая окружáла чудéсный сад, волк сказáл Ивáну-царéвичу:

— Ну, Ивáн-царéвич, слезáй тепéрь с меня́, с сéрого вóлка, и ступáй назáд по той же дорóге, по котóрой мы сюдá пришли́, и ожидáй меня́ в чи́стом пóле под зелёным ду́бом.

Ивáн-царéвич пошёл, кудá ему́ вéлено. Сéрый же волк сел близ той золотóй решётки и дожидáлся, покýда пойдёт прогуля́ться в сад королéвна Елéна Прекрáсная.[83]

Вопрóсы к тéксту

6.1 Почему́ поймáли Ивáна-царéвича, когдá он брал коня́ златогри́вого?

6.2 Когó хóчет достáть царь Афрóн? Почему́?

6.3 Почему́ Ивáн-царéвич плáчет?

6.4 Почему́ сéрый волк приказáл Ивáну-царéвичу, чтобы тот ждал егó в чи́стом пóле под зелёным ду́бом?

6.5 Почему́ сéрый волк продолжáет помогáть Ивáну?

6.6 Что мы знáем о Елéне Прекрáсной?

---

83. Prince Ivan went where he was ordered. The gray wolf sat down near that golden fence and waited until Princess Elena the Beautiful would go out to the garden to walk. (The **же** in **сéрый же волк** is used in folktales to indicate a change of subject.)

Часть 7

К вечеру, когда солнышко стало опускаться к западу, почему и в воздухе было не очень жарко, королевна Елена Прекрасная пошла в сад прогуливаться со своими нянюшками и с придворными боярынями. Когда она вошла в сад и подходила к тому месту, где серый волк сидел за решёткою, — вдруг серый волк перескочил через решётку в сад и ухватил королевну Елену Прекрасную, перескочил назад и побежал с нею что есть силы-мочи.[84]

Прибежал в чистое поле под зелёный дуб, где его Иван-царевич дожидался, и сказал ему:

— Иван-царевич, садись поскорее на меня, на серого волка!

Иван-царевич сел на него, а серый волк помчал их обоих к государству царя Афрона.

Няньки, и мамки, и все боярыни придворные, которые гуляли в саду с прекрасною королевною Еленою, побежали тотчас во дворец и послали в погоню, чтоб догнать серого волка; однако сколько гонцы ни гнались, не могли нагнать и воротились назад.[85]

Иван-царевич, сидя на сером волке вместе с прекрасною королевною Еленою, возлюбил её сердцем, а она Ивана-царевича; и когда серый волк прибежал в государство царя Афрона и Ивану-царевичу надобно было отвести прекрасную королевну Елену во дворец и отдать царю, тогда царевич весьма запечалился и начал слёзно плакать.

Серый волк спросил его:

— О чём ты плачешь, Иван-царевич?

На то ему Иван-царевич отвечал:

— Друг мой, серый волк! Как мне, доброму молодцу, не плакать и не крушиться? Я сердцем возлюбил прекрасную королевну Елену, а теперь должен отдать её царю Афрону за коня златогривого, а ежели её не отдам, то царь Афрон обесчестит меня во всех государствах.

Вопросы к тексту

7.1 Почему Елена Прекрасная гуляет вечером?

7.2 Как серому волку удалось достать Елену Прекрасную?

7.3 Хочет ли Иван-царевич отдать королевну Елену Афрону? Почему?

7.4 Почему Иван-царевич плачет?

7.5 Как вы думаете, что скажет волк Ивану-царевичу?

Часть 8

— Служил я тебе много, Иван-царевич, — сказал серый волк, — сослужу и эту службу. Слушай, Иван-царевич: я сделаюсь[86] прекрасной королевной Еленой, и ты меня отведи к царю Афрону и возьми коня златогривого; он меня почтёт за настоящую королевну. И когда ты сядешь на коня златогривого и

---

84. and ran off with her as quickly as he could

85. in order to catch up to the gray wolf; however, no matter how much those chasing after him chased, they could not catch up to him and turned back

86. I will become, turn myself into

уе́дешь далеко́, тогда́ я вы́прошусь у царя́ Афро́на в чи́стое по́ле погуля́ть;[87] и как он меня́ отпу́стит с ня́нюшками, и с ма́мушками, и со все́ми придво́рными боя́рынями и бу́ду с ни́ми в чи́стом по́ле, тогда́ ты меня́ вспомяни́ — и я опя́ть у тебя́ бу́ду.

Се́рый волк вы́молвил э́ти ре́чи, уда́рился о сыру́ю зе́млю — и стал прекра́сною короле́вною Еле́ною, так чтоника́к и узна́ть нельзя́, чтоб то не она́ была́.

Ива́н-царе́вич взял се́рого во́лка, пошёл во дворе́ц к царю́ Афро́ну, а прекра́сной короле́вне Еле́не веле́л дожида́ться за́ городом.

Когда́ Ива́н-царе́вич пришёл к царю́ Афро́ну с мни́мою Еле́ною Прекра́сною, то царь о́чень возра́довался в се́рдце своём, что получи́л тако́е сокро́вище, кото́рого он давно́ жела́л. Он при́нял ло́жную короле́вну, а коня́ златогри́вого вручи́л Ива́ну-царе́вичу.

Ива́н-царе́вич сел на того́ коня́ и вы́ехал за́ город; посади́л с собо́ю Еле́ну Прекра́сную и пое́хал, держа́ путь к госуда́рству царя́ Долма́та.

Се́рый же волк живёт у царя́ Афро́на день, друго́й и тре́тий вме́сто прекра́сной короле́вны Еле́ны, а на четвёртый день пришёл к царю́ Афро́ну проси́ться в чи́стом по́ле погуля́ть, чтоб разби́ть тоску́-печа́ль лю́тую. Как возговори́л ему́ царь Афро́н:

— Ах, прекра́сная моя́ короле́вна Еле́на! Я для тебя́ всё сде́лаю, отпущу́ тебя́ в чи́стое по́ле погуля́ть.

И то́тчас приказа́л ня́нюшкам, и ма́мушкам, и всем придво́рным боя́рыням с прекра́сною короле́вною идти́ в чи́стое по́ле гуля́ть.

Ива́н же царе́вич е́хал путём-доро́гою с Еле́ною Прекра́сною, разгова́ривал с не́ю и забы́л про се́рого во́лка; да пото́м вспо́мнил:

— Ах, где-то мой се́рый волк?

Вдруг отку́да ни взя́лся[88] — стал он пе́ред Ива́ном-царе́вичем и сказа́л ему́:

— Сади́сь, Ива́н-царе́вич, на меня́, на се́рого во́лка, а прекра́сная короле́вна пусть е́дет на коне́ златогри́вом.

Вопро́сы к те́ксту

    8.1   Как се́рый волк помога́ет Ива́ну-царе́вичу?

    8.2   Как во́лку удало́сь убежа́ть от царя́?

    8.3   Что случи́лось, когда́ Ива́н вспо́мнил во́лка?

    8.4   Как вы ду́маете, чем око́нчится ска́зка?

Часть 9

Ива́н-царе́вич сел на се́рого во́лка, и пое́хали они́ в госуда́рство царя́ Долма́та. Е́хали они́ до́лго ли, ко́ротко ли и, дое́хав до того́ госуда́рства, за три версты́ от го́рода останови́лись. Ива́н-царе́вич на́чал проси́ть се́рого во́лка:

— Слу́шай ты, друг мой любе́зный, се́рый волк! Сослужи́л ты мне мно́го служб, сослужи́ мне и после́днюю, а слу́жба твоя́ бу́дет вот кака́я: не мо́жешь

---

87. I will ask Tsar Afron to allow me to take a stroll in the open field

88. suddenly out of nowhere

ли ты оборотиться в коня златогривого наместо этого, потому что с этим златогривым конём мне расстаться не хочется.

Вдруг серый волк ударился о сырую землю — и стал конём златогривым. Иван-царевич, оставя прекрасную королевну Елену в зелёном лугу, сел на серого волка и поехал во дворец к царю Долмату.

И как скоро туда приехал, царь Долмат увидел Ивана-царевича, что едет он на коне златогривом, весьма обрадовался, тотчас вышел из палат своих, встретил царевича на широком дворе, поцеловал его в уста сахарные, взял его за правую руку и повёл в палаты белокаменные.

Царь Долмат для такой радости велел сотворить пир, и они сели за столы дубовые, за скатерти браные; пили, ели, забавлялись и веселились ровно два дня, а на третий день царь Долмат вручил Ивану-царевичу жар-птицу с золотою клеткою.

Царевич взял жар-птицу, пошёл за город, сел на коня златогривого вместе с прекрасною королевной Еленою и поехал в своё отечество, в государство царя Выслава Андроновича.

Вопросы к тексту

    9.1   Что просит Иван-царевич у серого волка?

    9.2   Что делал Долмат, когда он увидел Ивана?

    9.3   Почему Долмат устроил большой пир?

    9.4   Как волк обманывает царя Долмата?

Часть 10

Царь же Долмат вздумал на другой день своего коня златогривого объездить в чистом поле; велел его оседлать, потом сел на него и поехал в чистое поле; и лишь только разъярил коня, как он сбросил с себя царя Долмата и, оборотясь по-прежнему в серого волка, побежал и нагнал Ивана-царевича.[89]

— Иван-царевич! — сказал он. — Садись на меня, на серого волка, а королевна Елена Прекрасная пусть едет на коне златогривом.

Иван-царевич сел на серого волка, и поехали они в путь. Как скоро довёз серый волк Ивана-царевича до тех мест, где его коня разорвал, он остановился и сказал:

— Ну, Иван-царевич, послужил я тебе довольно верою и правдою. Вот на этом месте разорвал я твоего коня надвое, до этого места и довёз тебя. Слезай с меня, с серого волка, теперь есть у тебя конь златогривый, так ты сядь на него и поезжай, куда тебе надобно; а я тебе больше не слуга.[90]

Серый волк вымолвил эти слова и побежал в сторону; а Иван-царевич заплакал горько по сером волке и поехал в путь свой с прекрасною королевною.

Долго ли, коротко ли ехал он с прекрасною королевною Еленою на коне златогривом и, не доехав до своего государства за двадцать вёрст,

---

89. and he had no sooner spurred the horse, when he (the gray wolf) threw Tsar Dolmat off. Turning as before into the gray wolf, he ran off and caught up to Prince Ivan

90. I am no longer a servant to you

остановился, слез с коня и вместе с прекрасною королевною лёг отдохнуть от солнечного зноя под деревом; коня златогривого привязал к тому же дереву, а клетку с жар-птицею поставил подле себя.

Лёжа на мягкой траве и ведя разговоры полюбовные, они крепко уснули.[91]

В то самое время братья Ивана-царевича, Дмитрий и Василий-царевичи, ездя по разным государствам и не найдя жар-птицы, возвращались в своё отечество с порожними руками; нечаянно наехали они на своего сонного брата Ивана-царевича с прекрасною королевною Еленою.

Вопросы к тексту

    10.1 Что случилось, когда Долмат сел на коня?

    10.2 Где остановился серый волк?

    10.3 Что говорит серый волк Ивану-царевичу?

    10.4 Как вы думаете, рады ли братья, что встретили своего брата Ивана?

    10.5 Как вы думаете, чем закончится эта сказка?

    10.6 Как вы думаете, серый волк вернётся?

Часть 11

Увидя на траве коня златогривого и жар-птицу в золотой клетке, весьма на них прельстились и вздумали брата своего Ивана-царевича убить до смерти.

Дмитрий-царевич вынул из ножон меч свой, заколол Ивана-царевича и изрубил его на мелкие части;[92] потом разбудил прекрасную королевну Елену и начал её спрашивать:

— Прекрасная девица! Которого ты государства, а какого отца дочь, и как тебя по имени зовут?

Прекрасная королевна Елена, увидя Ивана-царевича мёртвого, крепко испугалась, стала плакать горькими слезами и во слезах говорила:

— Я королевна Елена Прекрасная, а достал меня Иван-царевич, которого вы злой смерти предали. Вы тогда б были добрые рыцари, если б выехали с ним в чистое поле да живого победили, а то убили сонного и тем какую себе похвалу получите? Сонный человек — что мёртвый!

Тогда Дмитрий-царевич приложил свой меч к сердцу прекрасной королевны Елены и сказал ей:

— Слушай, Елена Прекрасная! Ты теперь в наших руках; мы повезём тебя к нашему батюшке, царю Выславу Андроновичу, и ты скажи ему, что мы и тебя достали, и жар-птицу, и коня златогривого. Ежели этого не скажешь, сейчас тебя смерти предам!

Прекрасная королевна Елена, испугавшись смерти, обещалась им и клялась всею святынею, что будет говорить так, как ей велено.[93]

---

91. lying on the soft grass and carrying on friendly conversations, they fell asleep soundly

92. cut him up into small pieces

93. beautiful Princess Elena, fearing death, promised and swore on all that was holy that she would speak as she had been ordered

Вопро́сы к те́ксту

11.1 О чём поду́мали бра́тья, когда́ уви́дели Ива́на-царе́вича, коня́ златогри́вого и жар-пти́цу?

11.2 Что случи́лось с Ива́ном-царе́вичем, когда́ бра́тья нашли́ его́?

11.3 Почему́ Дми́трий и Васи́лий уби́ли своего́ бра́та Ива́на?

11.4 Как отреаги́ровала короле́вна Еле́на, когда́ уви́дела, что Ива́на-царе́вича уби́ли?

11.5 Что сказа́ла короле́вна Еле́на бра́тьям Ива́на-царе́вича? Как вы ду́маете, она́ хра́брая же́нщина?

11.6 Что Еле́на обеща́ет де́лать? Почему́?

Часть 12

Тогда́ Дми́трий-царе́вич с Васи́лием-царе́вичем на́чали мета́ть жре́бий, кому́ доста́нется прекра́сная короле́вна Еле́на и кому́ конь златогри́вый?[94] И жре́бий пал, что прекра́сная короле́вна должна́ доста́ться Васи́лию-царе́вичу, а конь златогри́вый Дми́трию-царе́вичу.

Тогда́ Васи́лий-царе́вич взял прекра́сную короле́вну Еле́ну, посади́л на своего́ до́брого коня́, а Дми́трий-царе́вич сел на коня́ златогри́вого и взял жар-пти́цу, что́бы вручи́ть её роди́телю своему́, царю́ Высла́ву Андро́новичу, и пое́хали в путь.

Ива́н-царе́вич лежа́л мёртв на том ме́сте ро́вно три́дцать дней, и в то вре́мя набежа́л на него́ се́рый волк и узна́л по ду́ху Ива́на-царе́вича. Захоте́л помо́чь ему́ — оживи́ть, да не знал, как э́то сде́лать.

В то са́мое вре́мя уви́дел се́рый волк одного́ во́рона и двух воро́нят, кото́рые лета́ли над тру́пом и хоте́ли спусти́ться на зе́млю и нае́сться мя́са Ива́на-царе́вича. Се́рый волк спря́тался за куст, и как ско́ро воро́нята спусти́лись на зе́млю и на́чали есть те́ло Ива́на-царе́вича, он вы́скочил из-за куста́, схвати́л одного́ воронёнка и хоте́л бы́ло разорва́ть его́ на́двое. Тогда́ во́рон спусти́лся на зе́млю, сел поо́даль от се́рого во́лка и сказа́л ему́:

— Ох ты гой еси́, се́рый волк! Не тро́гай моего́ мла́дшего де́тища; ведь он тебе́ ничего́ не сде́лал.

— Слу́шай, во́рон воро́нович! — мо́лвил се́рый волк. — Я твоего́ де́тища не тро́ну и отпущу́ здра́ва и невреди́ма, когда́ ты мне сослу́жишь слу́жбу: слета́ешь за триде́вять земе́ль, в тридеся́тое госуда́рство, и принесёшь мне мёртвой и живо́й воды́.

На то во́рон воро́нович сказа́л се́рому во́лку:

— Я тебе́ слу́жбу э́ту сослужу́, то́лько не тронь ниче́м моего́ сы́на.

Вы́говоря э́ти слова́, во́рон полете́л и ско́ро скры́лся и́з виду.

На тре́тий день во́рон прилете́л и принёс с собо́й два пузырька́: в одно́м — жива́я вода́, в друго́м — мёртвая, и о́тдал э́ти пузырьки́ се́рому во́лку.

---

94. then Prince Dmitrii and Prince Vasilii began to cast lots (to see) to whom beautiful Princess Elena would go and to whom the golden-maned horse (would go)

Вопро́сы к те́ксту

12.1 Каки́м о́бразом реши́ли бра́тья кому́ доста́нется прекра́сная короле́вна Еле́на и кому́ — конь златогри́вый?

12.2 Ско́лько дней лежа́л мёртв Ива́н-царе́вич?

12.3 Отку́да се́рый волк узна́л, что э́то Ива́н-царе́вич?

12.4 Почему́ во́рон помога́ет се́рому во́лку?

12.5 За како́й водо́й волк посыла́ет во́рона? Почему́?

Часть 13

Се́рый волк взял пузырьки́, разорва́л воронёнка на́двое, спры́снул его́ мёртвою водо́ю — и тот воронёнок сро́сся, спры́снул живо́ю водо́ю — воронёнок встрепену́лся и полете́л. Пото́м се́рый волк спры́снул Ива́на-царе́вича мёртвою водо́ю — его́ те́ло срсло́сь, спры́снул живо́ю водо́ю — Ива́н-царе́вич встал и промо́лвил:

— Ах, как я до́лго спал!

На то сказа́л ему́ се́рый волк:

— Да, Ива́н-царе́вич, спать бы тебе́ ве́чно, кабы́ не я; ведь тебя́ бра́тья твои́ изруби́ли и прекра́сную короле́вну Еле́ну, и коня́ златогри́вого, и жар-пти́цу увезли́ с собо́ю. Тепе́рь поспеша́й как мо́жно скоре́е в своё оте́чество;[95] брат твой, Васи́лий-царе́вич, же́нится сего́дня на твое́й неве́сте — на прекра́сной короле́вне Еле́не. А чтоб тебе́ поскоре́е туда́ поспе́ть, сади́сь лу́чше на меня́, на се́рого во́лка; я тебя́ на себе́ донесу́.

Ива́н-царе́вич сел на се́рого во́лка, волк побежа́л с ним в госуда́рство царя́ Высла́ва Андро́новича и до́лго ли, ко́ротко ли, — прибежа́л к го́роду.

Ива́н-царе́вич слез с се́рого во́лка, пошёл в го́род и, прише́дши во дворе́ц, заста́л, что брат его́ Васи́лий-царе́вич же́нится на прекра́сной короле́вне Еле́не: вороти́лся с не́ю от венца́ и сиди́т за столо́м.[96]

Ива́н-царе́вич вошёл в пала́ты, и как ско́ро Еле́на Прекра́сная увида́ла его́, то́тчас вы́скочила из-за стола́, начала́ целова́ть его́ в уста́ са́харные и закрича́ла:

— Вот мой любе́зный жени́х, Ива́н-царе́вич, а не тот злоде́й, кото́рый за столо́м сиди́т!

Тогда́ царь Высла́в Андро́нович встал с ме́ста и на́чал прекра́сную короле́вну Еле́ну спра́шивать, что бы тако́е то зна́чило, о чём она́ говори́ла? Еле́на Прекра́сная рассказа́ла ему́ всю и́стинную пра́вду, что и как бы́ло: как Ива́н-царе́вич добы́л её, коня́ златогри́вого и жар-пти́цу, как ста́ршие бра́тья уби́ли его́ со́нного до́ смерти и как страща́ли её, чтоб говори́ла, бу́дто всё э́то они́ доста́ли.[97]

---

95. rush as quickly as you can to your fatherland

96. having arrived at the palace, he learned that his brother Prince Vasilii was marrying the beautiful Princess Elena: he had returned with her from the ceremony and was sitting at a table (**вене́ц** refers to the crown placed over the heads of the man and woman during an Orthodox wedding ceremony)

97. they threatened her (to such a degree) that she said that they were the ones who obtained all of this

Царь Выслав весьма осердился на Дмитрия и Василия-царевичей и посадил их в темницу; а Иван-царевич женился на прекрасной королевне Елене и начал с нею жить дружно, полюбовно, так что один без другого ниже единой минуты пробыть не могли.[98]

Вопросы к тексту

13.1 Как серый волк оживил Ивана-царевича?

13.2 Знал ли Иван-царевич, что он был убит?

13.3 Что говорит Елена, когда она видит Ивана-царевича?

13.4 Чем закончилась эта сказка?

После чтения

Упражнения

I. **Иван-царевич.** Refer back to the prereading exercise on page 109. Look at your list of adjectives describing Prince Ivan. How many of these actually describe him? Are there any others you need to add to your list after reading the tale?

II. **Верно (+) или неверно (−)?**

1. _____ У Выслава три сына-царевича.

2. _____ У жар-птицы перья серебряные.

3. _____ Дмитрий-царевич и Василий-царевич поймали жар-птицу в саду.

4. _____ Иван-царевич ухватил одно перо жар-птицы.

5. _____ Выслав хотел, чтобы Иван-царевич поехал искать жар-птицу.

6. _____ Прочитав надпись на столбе, Иван-царевич поехал в правую сторону.

---

98. one could not be without the other for more than a single minute

7. _____ Се́рый волк помога́л Ива́ну-царе́вичу доста́ть жар-пти́цу.

8. _____ Царь Долма́т тре́бует, что́бы Ива́н-царе́вич доста́л коня́ златогри́вого.

9. _____ Се́рый волк преврати́лся в жар-пти́цу и обману́л Афро́на.

10. _____ Дми́трий и Васи́лий-царе́вичи уби́ли Ива́на-царе́вича.

11. _____ Царь Высла́в посади́л Дми́трия и Васи́лия-царе́вичей в темни́цу.

III. **Поря́док собы́тий.** Put the following events from the story in order. Omit any events that did not happen in the story.

_____ Ива́н-царе́вич обеща́л царю́ Афро́ну доста́ть короле́вну Еле́ну.

_____ Ива́н-царе́вич пое́хал иска́ть жар-пти́цу.

_____ Жар-пти́ца переста́ла лета́ть в сад.

_____ Ива́н-царе́вич влюби́лся в короле́вну Еле́ну.

_____ Ива́н-царе́вич взял перо́ жар-пти́цы.

_____ Еле́на рассказа́ла, что бра́тья уби́ли Ива́на-царе́вича.

_____ Ива́н-царе́вич нашёл жар-пти́цу у царя́ Долма́та.

_____ Дми́трий-царе́вич и Васи́лий-царе́вич уби́ли Ива́на-царе́вича.

_____ Высла́в Андро́нович попроси́л сынове́й пойма́ть жар-пти́цу.

_____ Се́рый волк съел коня́ Ива́на-царе́вича.

_____ Царь Высла́в посади́л бра́тьев Ива́на в темни́цу.

_____ Се́рый волк посла́л во́рона за живо́й водо́й.

_____ Ива́н-царе́вич жени́лся на короле́вне Еле́не.

_____ Се́рый волк оберну́лся короле́вной Еле́ной.

IV. Кто говорит следующие фразы? Кому? Identify who says the following quotes and to whom. Remember to use the dative case for the person to whom the quote is addressed: царь Афрон, царь Долмат, царь Выслав, братья Ивана, Иван-царевич, ворон, серый волк, Елена.

	Кто?			Кому?
1.		«Дети мои любезные! Кто из вас может поймать в моём саду жар-птицу?»	1.	
2.		«Нет, милостивый государь-батюшка! Она эту ночь не прилетала»	2.	
3.		«Что я взял жар-птицу без клетки, куда я её посажу?»	3.	
4.		«Как не стыдно тебе, младой юноша, воровать»	4.	
5.		«Ты бы пришёл ко мне, я бы тебе коня златогривого с честию отдал»	5.	
6.		«Я тебе больше не слуга»	6.	
7.		«Я тебе службу эту сослужу, только не тронь ничем моего сына»	7.	
8.		«Вот мой любезный жених, Иван-царевич, а не тот злодей, который за столом сидит»	8.	

V. Упражнение. Косвенная речь. Pick five of the quotations from the previous exercise and transform them into indirect speech. Keep in mind that requests and demands require the use of **чтобы** followed by past-tense verb forms. Quotations that are statements require the use of **что**.

Direct speech: «Пускай сошьют к завтрему по рубашке».
Indirect speech: Царь хочет, **чтобы** они сшили к завтрему по рубашке.

Direct speech: «Утро вечера мудренее».
Indirect speech: Лягушка сказала Ивану, **что** утро вечера мудренее.

VI. Вопро́сы для обсужде́ния

1. Кто гла́вный геро́й э́той ска́зки: Ива́н, се́рый волк и́ли Еле́на Прекра́сная? Почему́?

2. Как по-ва́шему, Ива́н-царе́вич — положи́тельный геро́й? Почему́, и́ли почему́ нет?

3. Как по-ва́шему, се́рый волк — положи́тельный геро́й? Почему́, и́ли почему́ нет?

4. Почему́ се́рый волк всё вре́мя помога́ет Ива́ну? Вы бы помогли́ Ива́ну? Почему́, и́ли почему́ нет?

5. Какова́ мора́ль э́той ска́зки?

VII. Разыгра́йте

1. Divide the tale into portions. Working in groups, pick a portion of the tale to pantomime; have your classmates guess which part of the story is being depicted. Then, working as a class, try to retell that portion of the tale in as much detail as possible.

2. Compose a dialogue between Ivan and his horse at the moment when Ivan must decide which road to take. Make sure the horse communicates to Ivan which way he thinks they should go and why.

3. Imagine you are a reporter for a leading newspaper. Interview the gray wolf about his adventures. Make sure to include the gray wolf's thoughts about Ivan.

4. Compose a dialogue in which Elena's friend asks her about her captivity with Afron. Make sure to find out from Elena what she thought of her life in captivity and how she escaped.

5. Imagine Elena meets the folk heroine Vasilisa the Beautiful or a heroine from a different tale. Compose and perform a dialogue in which the two ask each other about their adventures.

VIII. Упражнение. Жар-птица «садилась на яблоню» (The Firebird sat down on the apple tree). Say the following animals and people sat at the listed locations. Keep in mind that animals are animate.

Remember: **садиться (imperf.) + куда/на + accusative case**

1. Дмитрий-царевич / большой стул
2. Иван-царевич / серый волк
3. Елена / белая лошадь
4. Долмат / златогривый конь
5. Афрон / старый бык
6. жар-птица / большое дерево

IX. Упражнение. Волк посылает ворона за водой (The wolf sends the raven for water). With verbs of motion or посылать/послать (to send), the preposition **за + instrumental** can mean to go or be sent "for something." Say the following people are sending the listed individuals for the named items.

Remember: **посылать + кого (accusative) + за + чем (instrumental)**

Образец: сестра / брат / продукты
Сестра посылает брата за продуктами.

1. тётя / племянник / торт
2. сёстры / брат / конфеты
3. преподаватель / студентка / учебники
4. бабушка / дедушка / варенье
5. я / они / свечка
6. родители / дети / хлеб
7. ты / друг / пальто
8. вы / родители / подарки

X. Письмо

1. Imagine that you are the gray wolf. Write a letter to your friend describing your adventures with Ivan. Make sure to include how you met Ivan and in what ways you have helped him. Also include your opinion of Ivan.

2. Imagine that you are a journalist for the main newspaper in Dolmat's kingdom. Write an article about Dolmat and describe what kind of leader you think he is. Make sure to include Dolmat's dealings with Ivan, Elena, and the Firebird.

3. Imagine you are one of the ladies in waiting in Afron's kingdom who accompanied Elena during her walk. You were there when the wolf rode by and rescued Elena. Write a dialogue between the lady in waiting and Afron in which she tells him what happened. Make sure to include Afron's reaction to the news.

4. Imagine that you are Elena and Ivan has not yet returned to his father's kingdom. Write a letter from Elena's point of view in which she explains to her friend how she met Ivan, what happened to him, and why she is being forced to marry Ivan's brother.

5. Imagine that you are a guest at the wedding ceremony of Elena and Vasilii. You overhear Vasilii and Dmitrii discussing their plans to rule their father's kingdom. Write out their dialogue and make sure to include what they plan to do with the Firebird, how they plan to rule, and what they think will happen to their father.

6. Draw a picture depicting the moment from the fairy tale when Ivan must choose which way to go: to the left, straight, or to the right (налево, прямо, направо). Then look up the famous painting by **Viktor Vasnetsov** "Витязь на распутье" (1882). Write a paragraph in which you compare your picture with Vasnetsov's. How did Vasnetsov depict this moment? How did you depict it?

XI. Дополнительный материал

1. Search online for cartoon adaptations of «Сказка об Иване-царевиче, жар-птице и о сером волке». You can find one from 1991 produced by the studio Кристмас Филмз. Working on your own or in groups, decide how the cartoon version you found compares with the one you read. What are the similarities or differences between the written text and the cartoon? Which version do you prefer? Why?

2. Create a "director's cut" (**режиссёрская версия**) of the fairy tale. Imagine a scene that is not included in the fairy tale but that could have happened. Write out a script of your missing scene, then record it for your classmates and instructor. Be ready to explain why you made the choices you did.

Further Topics for Class Discussion

1. Are there any similarities between the folktales you read? Are there any aspects (character types, plot developments, beginnings, endings) that you can see as universals to the folktales?

2. Are there any folktales you read that stand out from the others? How are they different?

3. Make a list of the various folk heroes from the tales. How are they similar to, or different from, one another?

4. Make a list of the various folk heroines from the tales. How are they similar to, or different from, one another?

5. Discuss how male characters are usually portrayed in folktales versus how female characters are portrayed.

6. Is there a difference in the portrayal of male and female characters in Russian tales versus tales from other parts of the world?

7. Who is your favorite folktale hero? Why?

8. Who is your favorite folktale heroine? Why?

9. Which folktale did you like most? Why?

10. Which animal did you like most? Why?

11. Was there any tale that you did not like? What would you change about it?

12. Are Russian fairy tales different from the fairy tales of other nations? If so, how?

13. What are the different roles animals play in the fairy tales? How are they similar to, or different from, the human characters?

14. Pick one of the fairy tales you read and write an alternative ending for it.

15. Research what folktales were adapted for the ballet, opera, or theater. Choose one adaptation and find out about its history of production. How does the adaptation relate to the tale? In what ways does it differ from what you read?

16. Do you think folktales play an important role in your society? Why or why not?

17. If you could be any character from one of the folktales, who would it be and why?

18. Should children read folktales? Why or why not?

19. Should adults read folktales? Why or why not?

20. Keeping in mind the different tales you have read, write your own folktale using characters from your favorite stories.

Glossary

The glossary contains the vast majority of words from the folktales and accompanying exercises. Synonyms used elsewhere in the tales are indicated by "=" followed by the synonym. Gender is shown for masculine nouns ending in -ь and for others when necessary. Nouns that have a stem change throughout the declension are followed by the genitive singular form and other forms as needed. Nouns with variant spellings (such as хотéнье/хотéние) are listed under the more common of the two. When adjectives and adverbs with the same root are used in the tales, only the adjective is listed, unless the meaning or stress varies between the two forms. Verbs are listed in the order imperfective/perfective when both aspects appear in the tales. Single verbs not marked as perfective (*perf.*) are imperfective. In cases where the imperfective and perfective forms are drastically different and the reader may not be able to tell under which imperfective a perfective verb is listed, the perfective receives a separate listing that refers the reader to the imperfective/perfective pair. "Regular" verbs ending in -ать or -еть (first conjugation) and -ить (second conjugation) have only the infinitive listed. Irregular verb forms and those with stem and stress changes are listed in the order first-person singular, second-person singular, masculine past, feminine past, plural past.

For all words, part of speech is indicated only in cases where there is possible confusion. Words are identified as bookish, colloquial, diminutive, used only in folktales, and obsolete according to their designations in Ozhegov's *Dictionary of the Russian Language* (Словáрь рýсского языкá, 20th edition, 1988). While some may disagree with the category in which a particular word is placed, the main point of listing these designations is to help students decide which words they should consider trying to master actively (those that are unmarked), which they should use with caution and the guidance of their instructor (diminutive and colloquial), and which they need only be able to recognize (bookish, obsolete, and used only in folktales). The definitions given are those most appropriate for the contexts in which the words appear. Stresses are marked according to Ozhegov or, in a few instances, according to Vladimir Dal''s *Interpretive Dictionary of the Living Great Russian Language* (Толкóвый словáрь живóго великорýсского языкá).

Abbreviations used:

acc. accusative
adv. adverb
book. bookish (кнѝжное)
colloq. colloquial (разговóрное)
comm. command
comp. comparative
dat. dative
dim. diminutive (уменьшѝтельное)
folk. used only in folktales (в нарóдной словéсности)
fut. future tense
gen. genitive
imperf. imperfective
impers. impersonal
inf. infinitive
inst. instrumental
inter. interjection
intrans. intransitive
masc. masculine
neut. neuter
obs. obsolete (устарéлое)
part. particle
perf. perfective
pl. plural
prep. prepositional
trans. transitive

А

а and, but (а то = otherwise, or else)
аво́сь *part. colloq.* maybe, perhaps
ау́кнуться *colloq. perf.* to exchange shouts of "ау́!"
ах oh!
а́хнуть *perf.* to say "ах!"

Б

ба́ба peasant woman, *colloq.* woman
ба́бушка grandmother, old woman
ба́бушка-задво́ренка old servant woman living in the area behind the palace (задво́рки)
база́р market, fair, bazaar
ба́ня bathhouse
бара́н ram (male sheep)
ба́рыня wife of a nobleman (ба́рин)
ба́тюшка *masc. obs.* father
бего́м running
беда́ (*pl.* бе́ды) trouble, misfortune
бежа́ть (бегу́, бежи́шь)/**побежа́ть** to run (бежа́ть наперегонки́ = to race)
без without (+ *gen.*)
безро́дный without relatives
безро́потно without complaint
бей *comm.* of бить
белока́менный white-stone
бе́лый white
бельё linen, laundry, underwear
бёрдо *obs.* type of comb used in weaving
бе́рег (*prep.* на берегу́, *pl.* берега́) bank (of a river), shore
бережо́к (бережка́) *dim.* bank (of a river), shore
берёза birch tree
бере́чь (берегу́, бережёшь; *past* берёг, берегла́, берегли́) to guard, protect, save
бесе́да talk, chat, conversation
бессме́ртный immortal, deathless
бить (бью, бьёшь) to beat
би́ться (бьюсь, бьёшься) to struggle
благодари́ть/поблагодари́ть to thank
благополу́чно successfully, safely
благоро́дный noble
благослове́ние blessing
благослове́нный blessed
благословля́ть/благослови́ть to bless

бли́зко nearby, near
Бог God
бога́тый rich, wealthy
бо́жий (бо́жья, бо́жье, бо́жьи) God's
бок (*pl.* бока́) side (of the body)
боло́то swamp, marsh
бо́льший larger
большо́й big, large
бо́чка barrel
боя́рский boyar, boyar's
боя́рыня wife of a boyar
боя́ться (бою́сь, бои́шься) to be afraid of, fear (+ *gen.*)
бра́ный *obs.* with woven patterns (frequently бра́ная ска́терть)
брат (*pl.* бра́тья) brother
бра́тец (бра́тца) *dim.* brother, (in direct address) my friend
брать (беру́, берёшь; *past* брал, брала́, бра́ли)/**взять** (возьму́, возьмёшь; *past* взял, взяла́, взя́ли) to take
бра́ться (беру́сь, берёшься; *past* бра́лся, брала́сь, брали́сь)/**взя́ться** (возьму́сь, возьмёшься; *past* взя́лся, взяла́сь, взяли́сь) to take hold of, take (something) upon oneself
бревно́ (*pl.* брёвна) log
броса́ть/бро́сить (бро́шу, бро́сишь) to throw
бро́ситься (бро́шусь, бро́сишься) *perf.* to throw oneself, rush
бу́дто as if (also как бу́дто)
бу́йный wild, violent, stormy
була́вка pin
була́тный *obs.* of a hard steel (була́т) used for making blades
бунт riot, uprising
бы (also б) would, should
бык (быка́) bull
бы́стрый quick, fast, rapid
быт way of life, daily life
быть (*fut.* бу́ду, бу́дешь; *past* был, была́, бы́ли) to be

В

в (+ *prep.*) in, at; (+ *acc.*) to a place, at a time
вали́ться (валю́сь, ва́лишься) to fall
варёный boiled

вдова́ (*pl.* вдо́вы) widow
вдо́вушка *dim.* widow
вдруг suddenly
ведро́ (*pl.* вёдра) bucket, pail
ведь *part.* after all
ве́дьма witch
везти́ (везу́, везёшь; *past* вёз, везла́, везли́) to carry, transport
век (*pl.* века́) century
веле́ние *obs.* command
веле́ть (велю́, вели́шь) to order, tell (= прика́зывать)
вели́кий great
велича́ться *obs.* to boast, brag
вели́чество majesty
вельмо́жа *obs. masc.* aristocrat, important person
вене́ц (венца́) crown, wreath
ве́ра faith, belief
верёвка rope, cord
верея́ *obs.* a post on which gates hang
верну́ть *perf.* to return (something)
ве́рный faithful, loyal
верста́ (*pl.* вёрсты) verst, old Russian unit of length equal to 1.06 kilometers
верте́ться (верчу́сь, ве́ртишься) *intrans.* to spin, turn
вертну́ть *obs. perf.* to turn (something) (+ *inst.*)
весели́ться to make merry, be cheerful
весёлый cheerful, happy
весна́ (*pl.* вёсны) spring (season)
вести́ (веду́, ведёшь; *past* вёл, вела́, вели́) to lead
весь (вся, всё, все) all, the whole
весьма́ *book.* very, extremely (= **о́чень**)
ве́тер (ве́тра) wind
ве́чер (*pl.* вечера́) evening
вече́рний evening
ве́чно eternally
ве́шать/пове́сить (пове́шу, пове́сишь) to hang (something)
вещь thing
взволнова́ться (взволну́юсь, взволну́ешься) *perf.* to start to worry, start to be troubled, agitated
взгада́ть *obs. perf.* to think up, imagine
взгляну́ть *perf.* to glance at (на + *acc.*)
вздивова́ться *obs. perf.* to gaze in wonder at

взду́мать *perf.* to get an idea to, suddenly decide to (+ *inf.*)
взлете́ть (взлечу́, взлети́шь) *perf.* to fly
взойти́ (взойду́, взойдёшь; *past* взошёл, взошла́, взошли́) *perf.* to go up, rise (cf. **всходи́ть**)
взять (возьму́, возьмёшь) *perf.* to take (cf. **брать**)
ви́деть (ви́жу, ви́дишь)/уви́деть to see
ви́дно apparently, evidently
вина́ fault, blame, guilt
вино́ wine
винова́тый guilty, at fault
висе́ть (вишу́, виси́шь) to hang (be hanging)
ви́тязь *obs. masc.* warrior, hero
ви́шня cherry
вишь *part. colloq.* expression of surprise, disbelief
влеза́ть to climb into
влюби́ться (влюблю́сь, влю́бишься) *perf.* to fall in love with (в + *acc.*)
вме́сте together (с + *inst.*)
вме́сто instead of, in place of (+ *gen.*)
внести́ (внесу́, внесёшь; *past* внёс, внесла́, внесли́) *perf.* to carry in
внуча́та *pl. colloq.* grandchildren
вода́ (*acc.* во́ду) water
воз (*pl.* возы́) cart
возврати́ться (возвращу́сь, возврати́шься) *perf. intrans.* to return (= **верну́ться**)
возвраща́ться/верну́ться *intrans.* to return
возговори́ть *obs. perf.* to say, announce
во́здух air
во́зле by, near, alongside (+ *gen.*)
возлюби́ть *obs. perf.* to fall in love with (= **полюби́ть**)
возопи́ть (возоплю́, возопи́шь) *obs. perf.* to shout loudly
возра́доваться *obs. perf.* to be glad, happy (= **обра́доваться**)
во́зраст age
во́йско (*pl.* войска́) troops
вокру́г around (+ *gen.*)
волк wolf
волосо́к *dim.* a hair
волше́бный magical
вон *colloq.* out, away

вопро́с question
вор thief, robber
ворова́ть (вору́ю, вору́ешь) to steal, rob
во́рон raven
воронёнок (*pl.* вороня́та) young raven, baby raven
воро́та *pl.* gate
вороти́ться (ворочу́сь, воро́тишься) *perf.* to return, come back
восто́чный eastern, oriental
вот here, this is
впервы́е first, at first, for the first time
вперёд forward, ahead (directional)
впереди́ ahead, in front (+ *gen.*)
впрямь *adv. colloq.* really, indeed
впуска́ть/впусти́ть (впущу́, впу́стишь) to allow in, allow to enter
врасти́ (врасту́, врастёшь; *past* врос, вросла́, вросли́) *perf.* to grow into (в + *acc.*)
вре́мя (вре́мени, *pl.* времена́) *neut.* time (во вре́мя = during)
врозь *adv.* apart
вручи́ть *perf.* to hand over, deliver
вса́дник horseman
всевозмо́жный every possible, all kinds of
вскочи́ть (вскочу́, вско́чишь) *perf.* to jump in
вскри́кнуть *perf.* to shout out
вслед right behind (за + *inst.*)
вспо́мнить *perf.* to remember, recall
вспомяну́ть *perf.* (вспомяну́, вспомя́нешь) to remember, recall (= **вспо́мнить**)
встать (вста́ну, вста́нешь) *perf.* to get up, stand up
встрепену́ться *perf.* to suddenly shake, give a start, (of a bird) to ruffle its feathers
встреча́ть/встре́тить (встре́чу, встре́тишь) to meet someone/something
вступа́ть/вступи́ть (вступлю́, всту́пишь) to step into, enter
всходи́ть (всхожу́, всхо́дишь)/**взойти́** (взойду́, взойдёшь; *past* взошёл, взошла́, взошли́) to go up, rise
всю́ду everywhere

вся́кий any, every
втроём three together
входи́ть (вхожу́, вхо́дишь)/**войти́** (войду́, войдёшь; *past* вошёл, вошла́, вошли́) to enter, go into
въе́хать (въе́ду, въе́дешь) *perf.* to drive in, ride in
вы́бежать (вы́бегу, вы́бежишь) *perf.* to run out
вы́белить *perf.* to bleach
выбира́ть/вы́брать (вы́беру, вы́берешь) to choose, select, pick out
вы́вести (вы́веду, вы́ведешь; *past* вы́вел, вы́вела, вы́вели) *perf.* to take out, lead out, breed, give birth to
вы́воротить (вы́ворочу, вы́воротишь) *perf.* to pull out, extract
вы́глядеть (вы́гляжу, вы́глядишь) *intrans.* to look like, appear (+ *adv.* or *inst.*)
вы́глянуть *perf.* to look out, glance out
вы́говорить *perf.* to pronounce, say
вы́дать (вы́дам, вы́дашь, вы́даст, вы́дадим, вы́дадите, вы́дадут; *past* вы́дал, вы́дала, вы́дали) *perf.* (за + *acc.* за́муж) to give in marriage
вы́дернуть *perf.* to pull out
вы́ехать (вы́еду, вы́едешь) *perf.* to drive out, ride out
вы́жать (вы́жму, вы́жмешь) *perf.* to squeeze out, press out
вы́играть *perf.* to win
вы́искать (вы́ищу, вы́ищешь) *perf.* to find
вы́йти (вы́йду, вы́йдешь; *past* вы́шел, вы́шла, вы́шли) *perf.* to go out (cf. **выходи́ть**)
вы́катить (вы́качу, вы́катишь) *perf.* to roll out
вы́кинуть *perf.* to throw out
вы́лететь (вы́лечу, вы́летишь) *perf.* to fly out
вы́лить (вы́лью, вы́льешь) *perf.* to pour out
вы́мести (вы́мету, вы́метешь) *perf.* to sweep
вымеща́ть to vent one's feelings on someone (на + *prep.*)
вы́молвить (вы́молвлю, вы́молвишь) *perf.* to utter, say

вы́носи́ть (выношу́, выно́сишь) to carry out, to bear
вы́нуть *perf.* to pull out, take out
выпа́ивать to give a drink
вы́парить *perf.* to steam, destroy or clean something with steam
вы́полотый weeded (of a garden)
вы́проситься (вы́прошусь, вы́просишься) *perf.* to achieve, obtain something with persistent asking
выраже́ние expression
вы́расти (вы́расту, вы́растешь; *past* вы́рос, вы́росла, вы́росли) *perf.* to grow, grow up
вы́растить (вы́ращу, вы́растишь) *perf.* to raise, bring up (children)
вы́рваться (вы́рвусь, вы́рвешься) *perf.* to break loose, tear loose
вы́ронить *perf.* to drop
вы́рубить (вы́рублю, вы́рубишь) *perf.* to cut out, hack out
вы́сечь (вы́секу, вы́сечешь) *perf.* to carve, carve out, ignite a fire or spark by striking a flint
выска́кивать/вы́скочить to jump out
высо́кий high, tall
вы́стрелить *perf.* to shoot, fire (cf. стреля́ть)
вы́строить *perf.* to build
вы́строиться *perf.* to be built
вы́тащить *perf.* to drag out, pull out
вы́тканный woven
вы́толкать *perf.* to push out
вы́топленный heated, stoked (of an oven)
вы́тянуться *perf.* to extend, stretch out, straighten up
выха́живать to bring up, raise
выходи́ть (выхожу́, выхо́дишь)/вы́йти (вы́йду, вы́йдешь; *past* вы́шел, вы́шла, вы́шли) to go out, come out
вы́чистить (вы́чищу, вы́чистишь) *perf.* to clean
вы́шибить (вы́шибу, вы́шибешь; *past* вы́шиб, вы́шибла, вы́шибли) *perf.* to knock out, dislodge
вы́щипать (вы́щиплю, вы́щиплешь) *perf.* to pull out, pluck out
вяза́ть (вяжу́, вя́жешь)/повяза́ть to tie up, bind, knit

вяза́ться (вяжу́сь, вя́жешься) to tie oneself up
вя́кнуть *colloq. perf.* to bark

Г

газе́тный newspaper, related to a newspaper
гвоздь (гвоздя́) *masc.* nail
где where
герои́ня heroine
геро́й hero
гла́вный main, most important
глаз (*pl.* глаза́) eye
глубо́кий deep
глухо́й deaf, (of sound) muted, muffled
гляде́ть (гляжу́, гляди́шь)/погляде́ть to look, (на + *acc.*) to look at
глядь *part. colloq.* used to express the unexpected nature of an action
гнать (гоню́, го́нишь) to drive, urge on, drive out
гна́ться (гоню́сь, го́нишься) to chase after (за + *inst.*)
говори́ть/сказа́ть (скажу́, ска́жешь) to speak, say, tell
говоря́щий speaking, talking
год year
годи́ться (гожу́сь, годи́шься) to fit, be right (for), be qualified to be
голова́ (*acc.* го́лову; *pl.* го́ловы, голо́в) head
голо́дный hungry
го́лос (*pl.* голоса́) voice
голу́бчик (said in direct address) my dear, my friend
гоне́ц (гонца́) messenger, pursuer
гора́ (*acc.* го́ру, *pl.* го́ры) mountain, hill
го́ре grief, misfortune
горева́ть (горю́ю, горю́ешь) to grieve
горе́лый burnt
горе́ть (горю́, гори́шь) *intrans.* to burn, be on fire
го́рлышко *dim.* throat, neck (of a bottle)
го́рница *obs.* room
го́род (*pl.* города́) city
горчи́ца mustard
го́рький bitter
горя́щий burning
госпо́дь *masc.* lord, Lord God

гостеприи́мный hospitable
гости́нец (гости́нца) a present, usually sweets
гость *masc.* guest
госуда́рство state, government
госуда́рь *masc.* ruler, Your Majesty
гото́вый ready, prepared
гра́бли *pl.* rake
гриб (гриба́) mushroom
гри́ва mane
грози́ться (грожу́сь, грози́шься) to threaten (to do something)
гром thunder
гряда́ (*pl.* гря́ды) bed (for flowers, vegetables)
грязь mud, dirt, mess
губи́ть (гублю́, гу́бишь)/**погуби́ть** to destroy, kill
гуля́ть to walk, stroll
гусь *masc.* goose

Д

да yes, *colloq.* and
дава́ть (даю́, даёшь)/дать (дам, дашь, даст, дади́м, дади́те, даду́т; *past* дал, дала́, да́ли) to give
дава́ться (даю́сь, даёшься) to allow oneself to, easily give oneself to
да́веча *obs.* not long ago
давно́ a long time ago, for a long time
да́же *part.* even
далеко́ far away
да́льний faraway, (of a trip) long
да́льше farther (*comp.* of далеко́)
дар (*pl.* дары́) gift
дверь door
двор (двора́) yard, courtyard
дворе́ц (дворца́) palace
деви́ца/де́вица *obs.* maiden, damsel (*folk.* кра́сная де́вица = fair maiden)
де́вушка girl, young lady
де́йствовать (де́йствую, де́йствуешь) to act
де́лать/сде́лать to make, do
де́латься/сде́латься to be done, be made
де́ло (*pl.* дела́) deed, affair (на са́мом де́ле = actually, in fact; то и де́ло = continually, constantly)

день (дня) *masc.* day
де́ньги (*gen.* де́нег) *pl.* money
дере́вня village
де́рево (*pl.* дере́вья) tree
деревя́нный wooden
держа́ть (держу́, де́ржишь) to hold, keep
держа́ться (держу́сь, де́ржишься) to stay, remain; (за + *acc.*) to hold on to
де́ти (*gen.* дете́й, *inst.* детьми́, *dat.* де́тям) *pl.* children
де́тище *obs.* child
де́точки *pl. dim.* children
де́тство childhood
диви́ться (дивлю́сь, диви́шься)/**подиви́ться** to wonder at, marvel at
ди́во wonder, marvel
дико́винный odd, strange, one-of-a-kind
ди́тятко *obs. dim.* child
для for (+ *gen.*)
до up to, as far as (+ *gen.*) (до сих пор = until now, up to now)
добежа́ть (добегу́, добежи́шь) *perf.* to run up to, as far as
добра́ться (доберу́сь, доберёшься; *past* добра́лся, добрала́сь, добрали́сь) *perf.* to reach, make it as far as (до + *gen.*)
добро́ *noun* good; *adv.* fine, good, OK (a sign of agreement)
до́брый kind, good
добы́ть (добу́ду, добу́дешь) *perf.* to obtain
довезти́ (довезу́, довезёшь; *past* довёз, довезла́, довезли́) *perf.* to carry to, carry up to (до + *gen.*)
дово́льно rather, fairly
догна́ть (догоню́, дого́нишь) *perf.* to catch up with
доеда́ть to finish eating, eat up
дое́хать (дое́ду, дое́дешь) *perf.* to ride/drive as far as (до + *gen.*)
до́ждик *dim.* rain
дождь (дождя́) *masc.* rain
дожида́ться to wait for, wait as long as necessary
дозволе́ние *obs.* permission
дойти́ (дойду́, дойдёшь; *past* дошёл, дошла́) *perf.* to walk as far as, to reach (до + *gen.*)

до́лго for a long time
до́лжен (должна́, должно́, должны́) must, have to
дом (*pl.* дома́) house
до́ма at home
домо́й home (directional)
донести́ (донесу́, донесёшь; *past* донёс, донесла́, донесли́) *perf.* to carry up to a certain point (до + *gen.*)
доро́га road
дорого́й expensive, dear
доса́да annoyance, vexation
достава́ть (достаю́, достаёшь)/**доста́ть** (доста́ну, доста́нешь) to obtain, get
доста́ться (доста́нусь, доста́нешься) *perf.* to become the possession of (+ *dat.*)
досыпа́ть to get enough sleep, sleep through
до́чка *dim.* daughter
дочь (до́чери; *pl.* до́чери, дочере́й) daughter
дрему́чий thick, dense (of a forest)
дрова́ (*gen.* дров) *pl.* firewood
дрови́шки *dim.* firewood
дрожа́ть (дрожу́, дрожи́шь) *intrans.* to tremble, shake
друг (*pl.* друзья́) friend
друго́й other, the other
дру́жба friendship
дружелю́бный friendly
дру́жно together, amicably
дуб oak tree
дуби́нка club, cudgel
дубо́вый oak
ду́ма thought
ду́мать/поду́мать to think
дура́к simpleton, idiot
дурачо́к (дурачка́) *dim.* simpleton, idiot
ду́рень (ду́рня) *masc. colloq.* fool, blockhead
дурне́ть to become less pretty
ду́рно badly
дурно́й bad, evil
дух spirit, scent
душа́ soul
дыра́ (*pl.* ды́ры) hole, opening
дыша́ть (дышу́, ды́шишь)/**подыша́ть** to breathe (+ *inst.*)
дю́жина dozen

Е

едва́ barely
единогла́сно unanimously, as one voice
еди́ный single, a single, unified
е́жели *obs.* if (= **е́сли**)
ель spruce (tree)
е́сли if
есть (ем, ешь, ест, еди́м, еди́те, едя́т; *past* ел, е́ла, е́ли)/**съесть** to eat
е́хать (е́ду, е́дешь)/**пое́хать** to go (by vehicle)
ещё *adv.* still

Ж

жа́дный greedy
жале́ть/пожале́ть to feel sorry (for)
жа́лоба complaint
жа́ркий hot
жар-пти́ца Firebird
ждать (жду, ждёшь; *past* ждал, ждала́, жда́ли)/**подожда́ть** to wait (for)
жела́тельно desirable
жела́ть/пожела́ть to wish, wish for (+ *gen.*)
желе́зный iron
жёлтый yellow
жена́ (*pl.* жёны) wife
жени́ть (женю́, же́нишь) *trans.* to marry off (a son) (на + *prep.*)
жени́ться (женю́сь, же́нишься) to marry (said of a man) (на + *prep.*)
жени́х (жениха́) groom, fiancé, suitor
же́нщина woman
жечь (жгу, жжёшь; *past* жёг, жгла, жгли)/**сжечь** (сожгу́, сожжёшь; *past* сжёг, сожгла́, сожгли́) to burn
живо́й live, alive
жива́я вода́ life-giving water, aqua vitae
живо́тное animal
живу́щий living
жизнь life
жить (живу́, живёшь; *past* жил, жила́, жи́ли) to live
житьё *colloq.* life
жре́бий lot, lots (броса́ть/мета́ть жре́бий = to cast lots)
жура́вль (журавля́) *masc.* crane (bird)
журнали́ст journalist

З

за (+ *inst.*) behind, beyond, at (a table, meal), for (to fetch), after (in a chase); (+ *acc.*) behind, beyond (directional), for (in exchange for)

забавля́ться to amuse oneself, entertain oneself

забедова́ть *obs. perf.* to begin to be sad, grieve

заблесте́ть (заблещу́, заблести́шь) *perf.* to begin to shine, sparkle

забо́р fence

забра́ться (заберу́сь, заберёшься; *past* забра́лся, забрала́сь, забрали́сь) *perf.* to climb, to get into

забры́згать to splatter, splash

забыва́ть/забы́ть (забу́ду, забу́дешь) to forget

завёрнутый wrapped in something (в + *acc.*)

заверну́ть *perf.* to wrap in something (в + *acc.*)

зави́довать (зави́дую, зави́дуешь) to envy (+ *dat.*)

завопи́ть (завоплю́, завопи́шь) *perf.* to cry out

за́втра tomorrow

зага́р sunburn, suntan

заговори́ть *perf.* to start to talk

загрусти́ть (загрущу́, загрусти́шь) *perf.* to become sad

зад back, rear

задава́ть (задаю́, задаёшь) to assign, to ask (a question)

задво́ренка (ба́бушка-задво́ренка = old servant woman living in the area behind the palace [задво́рки])

заже́чь (зажгу́, зажжёшь; *past* зажёг, зажгла́, зажгли́) *perf.* to light (a lamp, candle), ignite

зае́сть (зае́м, зае́шь, зае́ст, заеди́м, заеди́те, заедя́т) *perf.* to chew to death, devour

зайти́ (зайду́, зайдёшь; *past* зашёл, зашла́, зашли́) *perf.* to go in, stop in

заколо́ть (заколю́, заколешь) *perf.* to stab to death

закрича́ть (закричу́, закричи́шь) *perf.* to start to scream, begin screaming

за́кром (*pl.* закрома́) grain bin, place in the barn set aside for storing grain and flour

закручи́ниться *obs. perf.* to start to grieve, feel sorrow

закуси́ть (закушу́, заку́сишь) *perf.* to have a snack, eat something (*acc.*) with something (*inst.*)

заку́ска snack, appetizer

зале́зть (зале́зу, зале́зешь; *past* зале́з, зале́зла, зале́зли) *perf.* to climb (onto)

зали́ться (залью́сь, залье́шься; *past* зали́лся, залила́сь, залили́сь) *perf.* to become covered with (a liquid) (+ *inst.*)

замёрзнуть *intrans. perf.* to freeze, freeze to death

замеси́ть (замешу́, заме́сишь) *perf.* to knead

замета́ть to sweep, sweep into

замо́к (замка́) lock

заморо́зить (заморо́жу, заморо́зишь) *perf.* to freeze

замо́рышек (замо́рышка) *colloq. dim.* runt, puny creature

занима́ться to be occupied with, study (+ *inst.*)

за́пад west

запере́ть (запру́, запрёшь; *past* за́пер, заперла́, за́перли) *perf.* to lock

запере́ться (запру́сь, запрёшься; *past* заперся́, заперла́сь, заперли́сь) *perf.* to lock oneself in

запеча́литься *perf.* to become sad

запла́кать (запла́чу, запла́чешь) *perf.* to start to cry

заповéдовать (заповéдую, заповéдуешь) *obs.* to order, command (= веле́ть, прика́зывать)

запо́мнить *perf.* to remember, memorize

запо́р bolt, lock

запря́чь (запрягу́, запряжёшь; *past* запря́г, запрягла́, запрягли́) *perf.* to harness, hitch up

зары́ть (заро́ю, заро́ешь) *perf.* to bury

зары́ться (заро́юсь, заро́ешься) *perf.* to bury oneself

засвети́ться (засвечу́сь, засве́тишься) *perf.* to begin to shine, light up

заскрипе́ть (заскриплю́, заскрипи́шь) *perf.* to start to squeak, creak

засмолить *perf.* to seal with tar (смола́)
заста́ва gates (to a city)
заста́вить (заста́влю, заста́вишь) *perf.* to force (someone to do something)
заста́ть (заста́ну, заста́нешь) *perf.* to find, catch (a person, piece of information)
застуди́ть (застужу́, засту́дишь) *perf.* to allow someone to catch a cold
засыпа́ть/засну́ть (засну́, заснёшь) to fall asleep
зате́м then, next
зато́ but, but on the other hand
затреща́ть (затрещу́, затрещи́шь) *perf.* to start to crack, crackle
затрясти́ (затрясу́, затрясёшь; *past* затря́с, затрясла́, затрясли́) *perf.* to start to shake, tremble
затужи́ть (затужу́,ату́жишь) *perf.* to begin to be sad, grieve
захмеле́ть *perf.* to start to become drunk
захрапе́ть (захраплю́, захрапи́шь) *perf.* to start to snore
захрусте́ть (захрущу́, захрусти́шь) *perf.* to start to crunch
зачем why, for what reason
зачерпну́ть (зачерпну́, зачерпнёшь) *perf.* to scoop, scoop up
зачу́ять (зачу́ю, зачу́ешь) *perf.* to sense
зашата́ться *perf.* to start to swing, stagger, sway
за́яц (за́йца) hare (косо́й за́яц = frequent folktale name for a hare)
зва́ный invited, by invitation
звать (зову́, зовёшь)/**позва́ть** to call
звезда́ (*pl.* звёзды) star
зверь *masc.* beast, animal
звя́кнуть *perf.* to tinkle, jingle
здесь here
здоро́вье health
здра́вый sensible, sound, healthy
зелёный green
земля́ land
зерно́ (*pl.* зёрна) grain
зёрнышко *dim.* grain
зима́ (*acc.* зи́му, *pl.* зи́мы) winter
зимо́вье winter quarters, place where animals spend the winter
зла́то gold (= зо́лото)
златогри́вый golden-maned
зли́ться to become angry (на + *acc.*)
зло́ба spite, malice, ill will
злоде́й evildoer, villain
злой evil, wicked, mean
злость malice
змея́ snake
знай *part. colloq.* expresses that the subject is focused on one activity and not paying attention to anything else
знать to know
зна́чить to mean
зной intense heat
зо́лото gold
золото́й golden
золочёный gilded
зре́ние sight, vision
зуб tooth

И

и́бо *obs.* because
игла́ (*pl.* и́глы) needle
иго́лка *dim.* needle
игра́ть/сыгра́ть to play, perform (of a wedding)
идти́ (иду́, идёшь; *past* шёл, шла, шли)/ пойти́ (пойду́, пойдёшь; *past* пошёл, пошла́, пошли́) to go
из from (+ *gen.*)
изба́ (*pl.* и́збы) peasant hut
избави́тельница savior, deliverer
избу́шка *dim.* peasant hut
из-за from behind, because of (+ *gen.*)
изловчи́ться *perf.* to easily adjust, be able to do something
изнури́ться *perf.* to become exhausted
изоби́лие abundance, plenty
изобрази́ть (изображу́, изобрази́шь) to depict, portray
из-под out from under (+ *gen.*)
изруби́ть (изрублю́, изру́бишь) *perf.* to chop up, cut to pieces
изукра́шенный lavishly decorated
изю́м raisins
и́ли or
име́ть to have
и́мя (и́мени, *pl.* имена́) *neut.* name
иска́ть (ищу́, и́щешь) to look for
иску́сница skillful woman
иску́сно skillfully

испи́ть (изопью́, изопьёшь; *past* испи́л, испила́, испи́ли) *perf.* to drink from (из + *gen.*)
исполня́ть/испо́лнить to fulfill, carry out
испо́ртить (испо́рчу, испо́ртишь) *perf.* to damage, ruin
испра́вить (испра́влю, испра́вишь) *perf.* to correct, repair
испуга́ть *perf.* to frighten
испуга́ться *perf.* to be frightened, scared of (+ *gen.*)
иссе́чь (иссеку́, иссечёшь; *past* иссёк, иссекла́, иссекли́) *perf.* to cut up, cut into pieces
истере́ть (изотру́, изотрёшь; *past* истёр, истёрла, истёрли) *perf.* to wear out
и́стинный true, truthful
исче́знуть (*past* исче́з, исче́зла, исче́зли) *perf.* to disappear

К

к to, toward, by (a time) (+ *dat.*)
кабине́т office, study
кабы́ (also unstressed) *obs.* if
ка́ждый each, every
каза́ться (кажу́сь, ка́жешься) to seem
как how, as (как то́лько = as soon as; как раз = exactly)
кали́новый *folk.* (of a fire) bright, hot
ка́менный stone
капу́ста cabbage
карау́лить to guard, watch over
каре́та carriage, coach
карма́н pocket
карти́на picture, painting
карти́нка *dim.* picture, painting
карто́фель *masc.* potato
кати́ться (качу́сь, ка́тишься)/**покати́ться** *intrans.* to roll
кафта́н long-sleeved robe
ка́ша cooked cereal, porridge
квас kvas (a fermented drink)
квашня́ wooden tub for dough, leavened dough
ки́нуться *perf.* to rush, throw oneself (на + *acc.*)
кипу́чий boiling, seething

кирпи́ч (кирпича́) brick
ки́слый sour
класть (кладу́, кладёшь; *past* клал, кла́ла, кла́ли)/**положи́ть** (положу́, поло́жишь) to put, place, lay
кла́сться *folk.* to put oneself in a lying position
клева́ть (клюю́, клюёшь) to peck, bite
кле́тка cage
клочо́к (клочка́) shreds, small pieces
клубо́к (клубка́) ball of thread, yarn
клубо́чек (клубо́чка) *dim.* ball of thread, yarn
ключево́й key, vital, from underground (ключева́я вода́ = springwater)
кля́сться (кляну́сь, клянёшься; *past* кля́лся, кляла́сь, кляли́сь) to swear, vow
княги́ня princess (wife of a prince)
кня́жий (кня́жья, кня́жье, кня́жьи) prince's
княжна́ princess (daughter of a prince)
князь (*pl.* князья́) *masc.* prince
ко́жа skin
колду́нья sorceress
ко́ли *obs.* if (= е́сли)
коло́да log, chopping block
коло́дец well (water source)
колоко́льчик *dim.* small bell
колоти́ть (колочу́, коло́тишь) to beat, thrash
коло́ть (колю́, ко́лешь) to prick, stab, chop (wood)
коне́ц (конца́) end, tip
конча́ться/ко́нчиться to end, be over
конь (коня́) *masc.* horse
ко́нюх groom, stable hand
коню́шня stable
ко́рень (ко́рня) *masc.* root, roots
кори́чневый brown
корми́ть (кормлю́, ко́рмишь)/**накорми́ть** to feed
коро́бка box
короле́вна princess (usually in fairy tales)
ко́ротко for a short time
кость bone
котёл (котла́) cauldron
кото́рый which
кочерга́ poker (for a fire)

краса́вица beautiful woman
краси́вый beautiful, handsome
кра́сный red, *obs.* beautiful
красота́ beauty
краю́шка *colloq. dim.* piece of bread
кре́пкий strong
кре́пко firmly, (of sleep) soundly
крик shout, scream
крича́ть (кричу́, кричи́шь)/**кри́кнуть** to yell, scream
кро́ме except for, in addition to (+ *gen.*)
круго́м around
кру́жево (*pl.* кружева́, *used in same meaning as singular*) lace
круши́ться *obs.* to be sad (= **печа́литься, сокруша́ться**)
крыло́ (*pl.* кры́лья) feather
кры́лышко *dim.* feather
крыльцо́ porch
кры́ша roof
кувши́н pitcher, jug
куда́ where (directional)
ку́кла doll
ку́колка *dim.* doll
куку́шка cuckoo
кум (*pl.* кумовья́) godfather of one's child, father of one's godchild
кума́ godmother of one's child, mother of one's godchild
куманёк (куманька́) *dim.* godfather of one's child, father of one's godchild
ку́мушка *dim.* godmother of one's child, mother of one's godchild
купа́ться/искупа́ться to swim, go for a swim
купе́ц (купца́) merchant
купе́ческий merchant, merchant's
купчи́ха merchant's wife
кусо́к (куска́) piece
кусо́чек (кусо́чка) *dim.* piece
куст (куста́) bush
ку́шанье food, meal
ку́шать/поку́шать to eat

Л

ла́вка bench, shop, store
ла́дно OK, fine (said in agreement)
ладо́ши (уда́рить в ладо́ши = clap one's hands)
лазо́ревый *folk.* light blue, azure
лазу́рный light blue, azure
ла́комый tasty
ла́сково tenderly, gently, affectionately
ле́бедь *masc.* swan
ле́вый left (direction)
лёгкий easy
лёд (льда) ice
лежа́ть (лежу́, лежи́шь)/**полежа́ть** to lie (be in a lying position)
лезть (ле́зу, ле́зешь; *past* лез, ле́зла, ле́зли; *comm.* лезь and полеза́й)/**поле́зть** to climb
лён (льна) flax
лени́вый lazy
лес (*prep.* в лесу́) forest
лета́ть to fly (multidirectional)
лете́ть (лечу́, лети́шь)/**полете́ть** to fly (unidirectional)
ле́то summer
лечь (ля́гу, ля́жешь; *past* лёг, легла́, легли́) *perf.* to lie down (cf. **ложи́ться**)
лиза́ть (лижу́, ли́жешь)/**лизну́ть** (лизну́, лизнёшь) to lick
лиса́ (*pl.* ли́сы) fox
лиси́ца fox
лист (листа́, *pl.* ли́стья) leaf
литерату́ра literature
лицо́ face (от лица́ = on behalf of, from the point of view of)
лишь only (лишь то́лько = as soon as)
лови́ть (ловлю́, ло́вишь)/**пойма́ть** to catch
ло́жечка *dim.* spoon
ложи́ться/лечь (ля́гу, ля́жешь; *past* лёг, легла́, легли́) to lie down
ло́жный false
лома́ть/слома́ть to break (off)
лоску́тик *dim.* shred, scrap of cloth
лошади́ный horse's
ло́шадь horse
луг (*prep.* в лугу́, *pl.* луга́) meadow
лужо́к (лужка́) *dim.* meadow
лук onion, bow (for shooting arrows)
лучи́на thin stick, piece of kindling wood
лу́чший best
лыта́ть *folk.* to dodge, evade, avoid (от + *gen.*)
любе́зный kind, gracious, dear

люби́мый favorite
люби́ть (люблю́, лю́бишь)/полюби́ть
  to love; *perf.* to fall in love with (+ *acc.*)
любопы́тный curious
лю́ди people
людска́я servants' room
людско́й human
лю́тый fierce
лягу́шечий (лягу́шечья, лягу́шечье, лягу́шечьи) frog's
лягу́шка frog

М

мак poppy, poppy seeds
ма́лый small
ма́нный of farina (ма́нная ка́ша = cereal made from farina)
марино́ванный pickled, marinated
ма́сло butter, oil
матери́нский maternal, motherly
мать (ма́тери, *pl.* ма́тери) mother
махну́ть *perf.* to wave (+ *inst.*)
ма́чеха stepmother
мёд honey, mead
медве́дь *masc.* bear
ме́жду between, among (+ *inst.*) (ме́жду собо́й = among themselves; ме́жду тем = meanwhile)
ме́лкий small, minute, minor
мелькну́ть *perf.* to flash, flash by, appear and disappear quickly
меньшо́й *obs.* youngest, smallest
мёртвый dead
ме́сто (*pl.* места́) place
ме́сяц month, moon
мета́ть (мечу́, ме́чешь) to throw, cast
мета́ться (мечу́сь, ме́чешься) to rush about, toss about
меч (меча́) sword
милова́ть (милу́ю, милу́ешь) *folk.* to treat tenderly, affectionately
ми́лостивый *obs.* kind, gracious, merciful
ми́лый dear
ми́мо (+ *gen.*) past, by
минова́ть (мину́ю, мину́ешь) to pass by
младо́й *obs.* young (= молодо́й)
мла́дший younger

мни́мый imaginary, false
мно́го much, a lot
мно́жество a multitude, great number of
мо́жно *impers.* may, one may
мо́лвить (мо́лвлю, мо́лвишь) *obs. perf.* to say (= сказа́ть, вы́молвить)
моли́ться (молю́сь, мо́лишься)/помоли́ться to pray
мо́лодец *folk.* young man (said of folktale heroes)
молоде́ц good job! well done! (said of a person, to a person)
молодо́й young
мо́лча silently, in silence
молча́ть (молчу́, молчи́шь) to be silent, remain silent
мора́ль moral
мо́ре sea
моро́з frost, cold temperatures
мост bridge
мох (мха/мо́ха) moss
мочёный soaked
мочь (могу́, мо́жешь; *past* мог, могла́, могли́)/смочь to be able
мочь strength, power
му́дрый wise
муж (*pl.* мужья́) husband
мура́вка *folk.* young grass
му́чить (му́чу, му́чишь and му́чаю, му́чаешь) to torment
мчать (мчу, мчишь)/помча́ть to carry (something) quickly
мча́ться (мчусь, мчи́шься)/помча́ться to race, speed along
мя́гкий soft
мя́со meat

Н

на (+ *prep.*) on, at; (+ *acc.*) on, onto
на *part.* here! take it!
набежа́ть (набегу́, набежи́шь) *perf.* to run into (на + *acc.*)
на́больший *folk.* biggest, most important
набра́ть (наберу́, наберёшь; *past* набра́л, набрала́, набра́ли) *perf.* to collect, gather (something)

набра́ться (наберу́сь, наберёшься; *past* набра́лся, набрала́сь, набрали́сь) *perf. intrans.* to accumulate, gather
навари́ть (наварю́, нава́ришь) *perf.* to cook a quantity of something (soup, oatmeal)
наве́рх up, upwards, upstairs
наве́сить (наве́шу, наве́сишь) *perf.* to hang, hang up
навстре́чу toward, in one's direction (+ *dat.*)
нагляде́ться (нагляжу́сь, нагляди́шься) *perf.* to look at enough, look at all one would like to (на + *acc.*)
нагна́ть (нагоню́, наго́нишь) *perf.* to overtake, catch up to
наговори́ться *perf.* to speak enough, say all one wants to say
нагоре́ть *perf.* to be covered with snuff (of a candle)
награди́ть (награжу́, награди́шь) *perf.* to reward
над above, over (+ *inst.*)
на́двое in two, in half
надева́ть/наде́ть (наде́ну, наде́нешь) to put on (clothes)
наде́лать *perf.* to make (a certain amount), do damage, cause trouble
надиви́ться (надивлю́сь, надиви́шься) *perf.* to cease to be amazed
на́до *impers.* (one) must, (one) needs to (мне на́до = I must, I need to)
на́добно *impers. obs.* necessary, needed (Что тебе́ на́добно? = What do you need?)
надо́лго for a long time
на́дпись inscription
нае́сться (нае́мся, нае́шься, нае́стся, наеди́мся, наеди́тесь, наедя́тся) *perf.* to eat one's fill
нае́хать (нае́ду, нае́дешь) *perf.* to run into (на + *acc.*)
нажива́ть to make, amass
наза́д back, (with time) ago
называ́ть to call (something a certain name)
называ́ться to be called (a certain name)
нака́з instruction, order, command

нака́зывать/наказа́ть (накажу́, нака́жешь) to order, punish
накла́сть *perf.* to put (= **положи́ть**)
наколо́ть (наколю́, нако́лешь) *perf.* to chop, split wood (a certain quantity)
наконе́ц finally
накупи́ть (накуплю́, наку́пишь) *perf.* to buy (a certain amount)
нале́во to the left
налете́ть (налечу́, налети́шь) *perf.* to fly down on, swoop down on
нали́ть (налью́, нальёшь) *perf.* to pour
намалева́ться (намалю́юсь, намалю́ешься) *perf.* to be painted, to apply makeup
наме́сто *folk.* instead of, in place of (+ *gen.*) (= **вме́сто**)
намеша́ть *perf.* to mix, mix in
нанести́ (нанесёт; *past* нанесла́) *perf.* to lay (eggs)
нано́шенный carried (in)
наперегонки́ (бежа́ть наперегонки́ = to race)
наперёд forward, in advance
напи́санный written
напи́ться (напью́сь, напьёшься; *past* напи́лся, напила́сь, напили́сь) *perf.* to drink one's fill
напра́во to the right
напра́сно for nothing, in vain
напря́сть (напряду́, напрядёшь; *past* напря́л, напряла́, напря́ли) *perf.* to spin a certain amount of (cloth, yarn)
напуга́ться *perf.* to become frightened, scared
наре́зать (наре́жу, наре́жешь) *perf.* to cut, slice
нарисова́ть (нарису́ю, нарису́ешь) *perf.* to draw
наро́д people, a people (мно́го наро́ду = many people)
наруби́ть (нарублю́, нару́бишь) *perf.* to chop, cut (a certain amount)
наруми́ненный made up (with makeup, rouge)
наряди́ться (наряжу́сь, наряди́шься) *perf.* to dress, dress up
наси́лу with great effort, difficulty
наслу́шаться *perf.* to listen as much as one would like

наста́ть (наста́ну, наста́нешь) *perf.* to come (of a time, season)
настоя́щий real, authentic
настря́пать *perf.* to cook a quantity of something
наступле́ние coming (of a time, season)
насурьмлённый having one's hair treated with antimony (сурьма́) to blacken it
наткну́ть *perf.* to stick (something) on something sharp (на + *acc.*)
натяну́ть *perf.* to draw, draw tight
нау́тро next morning
научи́ть (научу́, нау́чишь) *perf.* to teach, (+ *inf.*) teach how to do something
находи́ть (нахожу́, нахо́дишь)/**найти́** (найду́, найдёшь; *past* нашёл, нашла́, нашли́) to find
нахо́дчивый clever, resourceful (said of those who are able to extract themselves from difficult situations)
наце́литься *perf.* to take aim
начина́ть/нача́ть (начну́, начнёшь; *past* на́чал, начала́, на́чали) to start
не́бо sky, heavens
небыва́лый unheard-of, fantastic
неве́жа ignoramus
неве́ста bride, fiancée, woman eligible for marriage
неве́стка sister-in-law
невоспи́танный ill-bred, ill-mannered
невреди́мый unharmed
неде́ля week
недово́льный not pleased, unsatisfied
не́который a certain
нельзя́ impossible, forbidden
немо́й mute
ненави́стный hated
неотсту́пный persistent, relentless
неохо́та unwillingness (мне неохо́та = I don't feel like)
неприя́тель *masc.* enemy
несказа́нно unspeakably
не́сколько several, a few (+ *gen.*)
несмотря́ на in spite of, despite (+ *acc.*)
несогла́сие disagreement, discord
несча́стный unhappy, unfortunate
несча́стье unhappiness
неча́янно accidentally, unexpectedly

нече́стный dishonest
ни́зкий low
ни́тка thread
новосе́лье new home, housewarming party
нога́ (*pl.* но́ги) leg, foot
нож (ножа́, *pl.* ножи́) knife
но́жны (*obs.* ножны́) scabbard, sheath
нос nose
носи́ть (ношу́, но́сишь) to carry, wear
ночева́ть (ночу́ю, ночу́ешь)/переночева́ть to spend the night
ночь night
нрав disposition
ну *inter.* well
нужда́ need, dire straits
нужда́ться to need, be in need of (в + *prep.*)
ны́нче now, nowadays
ня́ня nurse, nursemaid

О

о/об (+ *prep.*) about, of; (+ *acc.*) against (involving contact or a collision)
о́ба both
обе́д lunch (often eaten closer to dinnertime)
оберну́ться *perf.* to turn around, turn into (+ *inst.*)
обесче́стить (обесче́щу, обесче́стишь) *perf.* to disgrace, dishonor (+ *acc.*)
обеща́ть to promise (+ *dat.*)
обеща́ться to promise (+ *dat.*)
о́бласть area, region
облете́ть (облечу́, облети́шь) *perf.* to fly around
облома́ть *perf.* to beat (the edges of), beat thoroughly
обма́нывать/обману́ть (обману́, обма́нешь) to trick, deceive, cheat
обню́хать *perf.* to sniff, sniff around
обня́ться (обниму́сь, обни́мешься; *past* обня́лся, обняла́сь, обня́ли́сь) *perf.* to embrace, hug (of two people)
обогна́ть (обгоню́, обго́нишь) *perf.* to pass (on the road)
обомле́ть *colloq. perf.* to be stunned, shocked

оборотиться (оборочусь, оборо́тишься) *perf.* to turn into (в + *acc.*) (= **оберну́ться**)
обрати́ть *perf.* to turn into (в + *acc.*)
обрати́ться (обращу́сь, обрати́шься) *perf.* to turn to (к + *dat.*)
о́бруч hoop
обу́ться (обу́юсь, обу́ешься) *perf.* to put on one's shoes
обхвати́ть (обхвачу́, обхва́тишь) *perf.* to put one's arms around, embrace
обща́ться associate with, interact with (с + *inst.*)
о́бщий general, common
объе́дки *colloq.* leftovers, scraps
объе́здить (объе́зжу, объе́здишь) *perf.* to drive around (something), break in (a horse)
объяви́ть (объявлю́, объя́вишь) *perf.* to announce, declare
объясни́ть *perf.* to explain
обы́чно usually
огляде́ть (огляжу́, огляди́шь) *perf.* to look around, glance around
огля́дка looking back (без огля́дки = without looking back)
огонёк (огонька́) *dim.* fire, light
ого́нь (огня́) *masc.* fire, light
огро́мный enormous, huge
одева́ться/оде́ться (оде́нусь, оде́нешься) to put on one's clothes, get dressed
оде́тый dressed
одея́ло blanket
одна́жды once, one time
одна́ко however
одноле́тка *colloq.* female person the same age
оду́маться *perf.* to change one's mind, come to one's senses
оживи́ть (оживлю́, оживи́шь) *perf.* to revive, bring back to life
ожида́ть to expect, wait for
о́зеро (*pl.* озёра) lake
окно́ (*pl.* о́кна) window
око́шко *dim.* window
окро́шка cold soup of kvas, meat, and vegetables
окружа́ть to surround, encircle

окуну́ться (окуну́сь, окунёшься) *perf.* to be dipped into, be immersed in
описа́ть (опишу́, опи́шешь) *perf.* to describe
опуска́ться to go down, descend
о́пытный experienced
опя́ть again
оса́живать to stop, force back
освети́ть (освещу́, освети́шь) *perf.* to illuminate, light up
оседла́ть *perf.* to saddle
о́сень fall, autumn
осерди́ться (осержу́сь, осе́рдишься) *obs. perf.* to become angry (на + *acc.*) (= **рассерди́ться**)
осерча́ть *colloq. perf.* to become angry (на + *acc.*) (= **рассерди́ться**)
осмотре́ть (осмотрю́, осмо́тришь) *perf.* to examine, look over
остава́ться (остаю́сь, остаёшься)/ **оста́ться** (оста́нусь, оста́нешься) to stay, remain
оставля́ть/оста́вить (оста́влю, оста́вишь) to leave (something)
останови́ться (остановлю́сь, остано́вишься) *perf.* to stop
оста́тки leftovers
о́стрый sharp
от from (+ *gen.*)
отвести́ (отведу́, отведёшь; *past* отвёл, отвела́, отвели́) *perf.* to take someone (to a certain place)
отвеча́ть/отве́тить (отве́чу, отве́тишь) to answer (+ *dat.* or на + *acc.*)
отворя́ть/отвори́ть (отворю́, отво́ришь) to open
отворя́ться/отвори́ться (отворю́сь, отво́ришься) *intrans.* to open, to be opened
отгова́риваться to refuse, give excuses (why one cannot do something)
отдава́ть (отдаю́, отдаёшь)/**отда́ть** (отда́м, отда́шь, отда́ст, отдади́м, отдади́те, отдаду́т) to give back, return, give
отдыха́ть/отдохну́ть to relax
оте́ц (отца́) father
оте́чество fatherland
откли́кнуться to answer, reply (на + *acc.*)

отку́да from where, from what source
отлича́ться to differ (от + *gen.*)
отлуча́ться/отлучи́ться *colloq.* to go away, leave (от + *gen.*)
отлу́чка absence
относи́ться (отношу́сь, отно́сишься) to act toward, have a certain opinion of or attitude toward (к + *dat.*)
отноше́ние attitude toward, relationship with (к + *dat.*)
отня́ть (отниму́, отни́мешь; *past* о́тнял, отняла́, о́тняли) *perf.* to take away
отогре́ться *perf.* to warm oneself, get warm
отомкну́ться (отомкну́сь, отомкнёшься) *perf.* to unlock, come unlocked
отосла́ть (отошлю́, отошлёшь) *perf.* to send off, send away
отпира́ть to unlock, open
отпра́виться (отпра́влюсь, отпра́вишься) *perf.* to set out, go
отпуска́ть/отпусти́ть (отпущу́, отпу́стишь) to release, let go
отту́да from there
отцепля́ться/отцепи́ться (отцеплю́сь, отце́пишься) to let go, come unhooked
оты́скивать/отыска́ть (отыщу́, оты́щешь) to search for, find
офице́р officer
охо́та wish, desire, hunting
о́чи *obs.* eyes (= **глаза́**)
очи́стить (очи́щу, очи́стишь) *perf.* to clean, purify, clean up

П

па́зушка *dim.* the space between one's chest and one's clothes, bosom
пала́та house, chamber
пали́ть/спали́ть to singe, scorch
па́лка stick
па́лочка wand
па́мять memory
па́ра pair
пасть (паду́, падёшь; *past* пал, па́ла, па́ли) *perf.* to fall
па́хнуть to smell (give off an odor), smell of (+ *inst.*)
пе́рвый first

перебра́ться (переберу́сь, переберёшься; *past* перебра́лся, перебрала́сь, перебрали́сь) *perf.* to cross, move to a new residence
перегоня́ться *folk.* to have a race
пе́ред (+ *inst.*) in front of, before; (+ *acc.*) in front of (with motion)
перейти́ (перейду́, перейдёшь; *past* перешёл, перешла́, перешли́) *perf.* to cross, go from one place to another, transfer
перекрести́ться (перекрещу́сь, перекре́стишься) *perf.* to cross oneself
переле́зть (переле́зу, переле́зешь; *past* переле́з, переле́зла, переле́зли) *perf.* to climb over
переноси́ть (переношу́, перено́сишь) to bear, endure
пересказа́ть (перескажу́, переска́жешь) *perf.* to retell
перескочи́ть (перескочу́, переско́чишь) *perf.* to jump over
переста́ть (переста́ну, переста́нешь) *perf.* to stop (doing something) (+ *inf.*)
пе́рец (пе́рца) pepper
перо́ (*pl.* пе́рья) feather, pen
персона́ж character (in a literary work)
пёрышко *dim.* feather
пе́сенка *dim.* song
пе́сня song
песо́к (песка́) sand
пест (песта́) pestle
пету́х (петуха́) rooster
петь (пою́, поёшь) to sing
печа́литься (печа́люсь, печа́лишься) to sadden
печа́ль sadness
печа́тный printed, stamped
пе́чка oven, stove
печь (пеку́, печёшь, пеку́т; *past* пёк, пекла́, пекли́)/**испе́чь** to bake
печь (*prep.* в, на печи́) oven, stove
пе́ший on foot
пи́во beer
пир (*pl.* пиры́) banquet, feast
пирова́ть (пиру́ю, пиру́ешь) to feast
пи́саный handwritten (пи́саный краса́вец = the picture of beauty)
пить (пью, пьёшь; *past* пил, пила́, пи́ли)/**вы́пить** to drink

пла́кать (пла́чу, пла́чешь) to cry
пласто́чки *obs.* (лежа́ть как пласто́чки = to lie stretched out, without feelings, not moving)
плато́к (платка́) kerchief
плато́чек (плато́чка) *dim.* kerchief, handkerchief
пла́тье dress
плеска́ть (плещу́, пле́щешь) to splash, lap (of waves)
плести́ (плету́, плетёшь; *past* плёл, плела́, плели́) to weave, spin
плечо́ (*pl.* пле́чи) shoulder
плод (плода́) fruit
плыть (плыву́, плывёшь; *past* плыл, плыла́, плы́ли)/**поплы́ть** to swim
пляса́ть (пляшу́, пля́шешь) to dance
по (+ *dat.*) along, around, according to, each (взя́ли по стреле́ = they each took one arrow); (+ *prep.*) upon, after (по сме́рти = after death)
побе́гать *perf.* to run (around) (a little while)
победи́ть (nonpast first person singular not used, победи́шь) *perf.* to defeat, conquer, win
побо́и *pl.* blows, a beating
пова́диться *colloq. perf.* to be in the habit of (+ *inf.*)
повезти́ (повезу́, повезёшь; *past* повёз, повезла́, повезли́) *perf.* to carry off (somewhere)
поверну́ться (поверну́сь, повернёшься) *perf.* to turn around, (к + *dat.*) turn toward
повести́ (поведу́, поведёшь; *past* повёл, повела́, повели́) *perf.* to lead off (somewhere)
пово́зка wagon
повора́чиваться/**поверну́ться** to turn, turn around
повскака́ть (only past tense used) *colloq. perf.* to jump (immediately or one after the other)
погаса́ть/**пога́снуть** (*past* пога́с, пога́сла, пога́сли) *perf.* to go out (of a light, fire)
погаси́ть (погашу́, пога́сишь) *perf.* to extinguish, put out
погля́дывать to look at (на + *acc.*)

пого́ня pursuit, chase
погоня́ть to drive, urge on (animals)
по́греб (*pl.* погреба́) cellar
погре́ться *intrans. perf.* to warm up, warm oneself up
под (+ *inst.*) under; (+ *acc.*) under (motion under)
подава́ть (подаю́, подаёшь)/**пода́ть** (пода́м, пода́шь, пода́ст, подади́м, подади́те, подаду́т; *past* по́дал, подала́, по́дали) to give, serve
подави́ть (подавлю́, пода́вишь) *perf.* to squeeze, crush, run over
подари́ть (подарю́, пода́ришь) *perf.* to give (something) as a gift
пода́рок (пода́рка) present, gift
поджида́ть to wait for (+ *gen.*)
подкла́дывать to place under, lay under
подколо́дный (*colloq.* змея́ подколо́дная = snake in the grass; a dangerous, treacherous person)
подкра́сться (подкраду́сь, подкрадёшься; *past* подкра́лся, подкра́лась, подкра́лись) *perf.* to sneak up to (к + *dat.*)
по́дле alongside, near (+ *gen.*)
подлете́ть (подлечу́, подлети́шь) *perf.* to fly up to (к + *dat.*)
поднима́ть/**подня́ть** (подниму́, подни́мешь; *past* по́днял, подняла́, по́дняли) to raise, lift, pick up
поднима́ться/**подня́ться** (подниму́сь, подни́мешься; *past* подня́лся, подняла́сь, подняли́сь) to rise, go up
подо́бный similar to, like (+ *dat.*)
подоса́довать (подоса́дую, подоса́дуешь) *perf.* to be annoyed
подплыва́ть to swim up to (к + *dat.*)
подпуска́ть to allow to approach, allow to a certain point
подру́га female friend
подружи́ться (подружу́сь, подру́жи́шься) *perf.* to become friends with (с + *inst.*)
подры́ть (подро́ю, подро́ешь) *perf.* to dig under, undermine
подскака́ть (подскачу́, подска́чешь) *perf.* to run up to, gallop up to (к + *dat.*)
подступи́ть (подступлю́, подсту́пишь) *perf.* to approach

поду́ть (поду́ю, поду́ешь) *perf.* to start to blow

подхвати́ть (подхвачу́, подхва́тишь) *perf.* to grab, snatch

подходи́ть (подхожу́, подхо́дишь)/ **подойти́** (подойду́, подойдёшь; *past* подошёл, подошла́, подошли́) to walk up to (к + *dat.*)

подъе́хать (подъе́ду, подъе́дешь) *perf.* to drive up to, ride up to (к + *dat.*)

поезжа́йте *comm.* of **е́хать/пое́хать**

пое́сть (пое́м, пое́шь, пое́ст, поеди́м, поеди́те, поедя́т; *past* пое́л, пое́ла, пое́ли) *perf.* to eat

пожа́ловать *perf. obs.* to visit (к + *dat.*)

пожа́луй *part.* possibly, probably (also used to indicate reluctant consent)

поже́чь (пожгу́, пожжёшь; *past* пожёг, пожгла́, пожгли́) *perf.* to burn

пожи́ва *colloq.* something from which one can easily profit, easy money

пожива́ть to live

позади́ behind (+ *gen.*)

позво́лить *perf.* to allow, permit

поигра́ть *perf.* to play (a little while)

по́иск (usually *pl.*) search (в по́исках = in search of)

пои́ть (пою́, по́ишь)/**напои́ть** to give someone something to drink

пойма́ть *perf.* to catch (cf. **лови́ть**)

пока́зывать/показа́ть (покажу́, пока́жешь) to show

покида́ть to leave, abandon

поклони́ться (поклоню́сь, покло́нишься) *perf.* to bow (+ *dat.*)

поко́й peace, quiet, *obs.* room

поку́да *colloq.* while

покуми́ться (покумлю́сь, покуми́шься) *perf.* to become the godparents (кум, кума́) of a child

пол floor

пола́комиться (пола́комлюсь, пола́комишься) *perf.* to feast on (+ *inst.*)

по́ле field

полёживать *colloq.* to lie, lie from time to time (= **лежа́ть**)

поли́тый watered (of plants)

по́лка shelf

полне́ть to put on weight

полови́на half

положи́тельный positive

положи́ть (положу́, поло́жишь) *perf.* to put, place (cf. **класть**)

полоте́нце towel

полотно́ (*pl.* поло́тна) linen

получа́ть/получи́ть (получу́, полу́ишь) to receive

получа́ться/получи́ться to come out, result

полюби́ть (полюблю́, полю́бишь) *perf.* to fall in love with

полюбо́вный friendly, peaceful, without arguments

поля́на clearing (in the forest)

помело́ *folk.* broom, stick with a rag tied on the end (for cleaning stoves and chimneys)

помере́ть (помру́, помрёшь; *past* по́мер, померла́, по́мерли) *colloq. perf.* to die

по́мнить to remember

помога́ть/помо́чь (помогу́, помо́жешь; *past* помо́г, помогла́, помогли́) *perf.* to help (+ *dat.*)

помя́ть (помну́, помнёшь) *perf.* to crush, press

пона́добиться to be necessary, needed

понести́ (понесу́, понесёшь; *past* понёс, понесла́) *perf.* to carry, carry off to

понра́виться *perf.* to be pleasing to, be to the liking of (царю́ понра́вились руба́шки = the tsar liked the shirts)

поню́хать *perf.* to smell, sniff

поня́ть (пойму́, поймёшь; *past* по́нял, поняла́, по́няли) *perf.* to understand

пооа́ль *adv.* at a distance

попада́ть/попа́сть (попаду́, попадёшь; *past* попа́л, попа́ла) *perf.* to get to, end up in, wind up in

попада́ться/попа́сться to come across, meet (попада́ется ему́ медве́дь = he comes across/meets a bear)

попра́вить (попра́влю, попра́вишь) *perf.* to correct, repair

попроси́ться (попрошу́сь, попро́сишься) *perf.* to ask for, ask permission to

пора́ (*acc.* по́ру) time (с той поры́ = from the time, from that time)
пора́доваться (пора́дуюсь, пора́дуешься) *perf.* to be happy, rejoice
поре́зать (поре́жу, поре́жешь) *perf.* to cut, slice
поро́жний *colloq.* empty
порося́тина suckling pig (served as food)
посади́ть (посажу́, поса́дишь) *perf.* to seat, put, plant (cf. **сажа́ть**)
посви́стывать to whistle
по́сле after (+ *gen.*)
после́дки *colloq.* remainder, leftovers (= **оста́тки**)
после́дний last
послы́шаться (послы́шусь, послы́шишься) *perf.* to be heard
посме́иваться to laugh, chuckle
посо́л (посла́) ambassador
поспе́ть *colloq. perf.* to be on time
постели́ть (постелю́, посте́лешь) *colloq. perf.* to lay (a tablecloth), make (a bed)
посте́ль bed
постро́ить *perf.* to build
поступи́ть (поступлю́, посту́пишь) *perf.* to act, behave
посули́ть *obs. perf.* to promise
посыла́ть/посла́ть (пошлю́, пошлёшь) to send
потихо́ньку quietly
потоло́к (потолка́) ceiling
пото́м then, next
потопи́ть (потоплю́, пото́пишь) *perf.* to sink (something)
потуха́ть to go out, die out (of something burning)
потуши́ть (потушу́, поту́шишь) *perf.* to put out, extinguish
по́тчевать (по́тчую, по́тчуешь) to treat to (food and drink)
поутру́ *colloq.* early in the morning
поха́живать *colloq.* to walk back and forth, pace
похвала́ praise
походи́ть (похожу́, похо́дишь) *perf.* to walk around, stroll around (a little bit)
похуде́ть *perf.* to grow thin, lose weight
почерне́ть *perf.* to turn black

поче́сть (почту́, почтёшь; *past* почёл, почла́, почли́) *obs. perf.* to consider (someone something)
появи́ться (появлю́сь, появишься) *perf.* to appear
пра́вда truth
пра́вить (пра́влю, пра́вишь) to rule, govern (+ *inst.*)
пра́во *part.* really, believe me!
пра́вый right (direction)
пра́здник holiday
пребольшо́й *obs.* very large
превраща́ть/преврати́ть (превращу́, преврати́шь) to turn something (*acc.*) into something (в + *acc.*)
преда́ть (преда́м, преда́шь, преда́ст, предади́м, предади́те, предаду́т; *past* пре́дал, предала́, пре́дали) *perf.* to commit (someone/something) to (+ *dat.*)
предста́вить (предста́влю, предста́вишь) (with себе́) to imagine (предста́вьте себе́, что... = imagine that...)
предупрежде́ние warning
пре́жде before, first
пре́жний former, previous
прекра́сный beautiful
прельсти́ться (прельщу́сь, прельсти́шься) *perf.* to be tempted by, captivated by
прему́дрый *obs.* very wise
при near, attached to, during, in the presence of (+ *prep.*)
прибежа́ть (прибегу́, прибежи́шь) *perf.* to run to, arrive running
приведён (приведена́, приведены́) (к той золото́й кле́тке бы́ли стру́ны приведены́ = there were strings attached to that golden cage)
привезти́ (привезу́, привезёшь; *past* привёз, привезла́, привезли́) *perf.* to bring (by vehicle)
привести́ (приведу́, приведёшь; *past* привёл, привела́, привели́) *perf.* to lead to, bring (к + *dat.*)
приве́тливый friendly, welcoming
привы́чный something one is used to, accustomed to (к + *dat.*)

привяза́ть (привяжу́, привя́жешь) *perf.* to tie to, attach to (к + *dat.*)
пригова́ривать to repeat, keep saying
пригоди́ться (пригожу́сь, пригоди́шься) *perf.* to come in handy, be of use to (+ *dat.*)
приго́жий *folk.* handsome, good-looking
пригото́вить (пригото́влю, пригото́вишь) *perf.* to prepare, cook
пригото́вленный prepared
придво́рный court, pertaining to the royal court
приезжа́ть/прие́хать (прие́ду, прие́дешь) to arrive by vehicle
приёмыш *colloq.* adopted child
прижа́ть (прижму́, прижмёшь) *perf.* to press, pin down/against (к + *dat.*)
прижи́ть (приживу́, приживёшь; *past* прижи́л, прижила́, прижи́ли) *obs. perf.* to give birth to, bring into the world
призыва́ть/призва́ть (призову́, призовёшь; *past* призва́л, призвала́, призва́ли) to call, summon
прийти́ (приду́, придёшь; *past* пришёл, пришла́, пришли́) *perf.* to come, arrive
прийти́сь *impers. perf.* to have to (+ *dat.*) (ему́ пришло́сь е́хать че́рез го́род = he had to drive through the city)
прика́з order, command
прика́зывать/приказа́ть (прикажу́, прика́жешь) to order, command (+ *dat.*)
прикати́ть (прикачу́, прика́тишь) *perf.* to come rolling up
прикати́ться *intrans. perf.* to roll up to (к + *dat.*)
приключе́ние adventure
приключи́ться *colloq. perf.* to happen, occur
приколо́ть (приколю́, проко́лешь) *colloq. perf.* to stab to death
прилета́ть/прилете́ть (прилечу́, прилети́шь) to arrive flying
приложи́ть (приложу́, прило́жишь) *perf.* to put, place against (к + *dat.*)
принима́ть/приня́ть (приму́, при́мешь; *past* при́нял, приняла́, при́няли) to accept
принима́ться/приня́ться (приму́сь, при́мешься; *past* принялся́, приняла́сь, приняли́сь) to begin, set about
приноси́ть (приношу́, прино́сишь)/ **принести́** (принесу́, принесёшь; *past* принёс, принесла́, принесли́) to bring
присва́тываться to arrange a match for, propose to, request permission to marry (к + *dat.*)
присе́сть (прися́ду, прися́дешь; *past* присе́л, присе́ла, присе́ли) *perf.* to sit down
присла́ть (пришлю́, пришлёшь) *perf.* to send
приуны́ть (only past tense used) *perf.* to become discouraged, dejected
приходи́ть (прихожу́, прихо́дишь)/ **прийти́** (приду́, придёшь; *past* пришёл, пришла́) to come, arrive
приходи́ться *impers.* to have to, have occasion to (+ *dat.* and *inf.*)
причеса́ться (причешу́сь, причёшешься) *perf.* to comb one's hair
прия́тный pleasant
про (+ *acc.*) about
пробира́ть to penetrate (of cold)
пробуди́ться (пробужу́сь, пробу́дишься) *book. perf.* to awaken (= **просну́ться**)
пробы́ть (пробу́ду, пробу́дешь; *past* про́был, пробыла́, про́были) *perf.* to stay, spend (a certain amount of time)
провали́ться (провалю́сь, прова́лишься) *perf.* to fall into, collapse, disappear
проводи́ть (провожу́, прово́дишь) *imperf.* to spend (time); *perf.* to escort, see someone off
прогна́ть (прогоню́, прого́нишь; *past* прогна́л, прогнала́, прогна́ли) *perf.* to drive away, chase away
прогу́ливаться/прогуля́ться to walk, stroll
прода́ть (прода́м, прода́шь, прода́ст, продади́м, продади́те, продаду́т; *past* про́дал, продала́, про́дали) *perf.* to sell
проде́лка prank, trick, escapade
проде́ть (проде́ну, проде́нешь) *perf.* to pass (something) through

продолжа́ться *intrans.* to continue, last, go on
проезжа́ть to drive through
прозимова́ть (прозиму́ю, прозиму́ешь) *perf.* to spend the winter
прозя́бнуть (*past* прозя́б, прозя́бла, прозя́бли) *colloq. perf.* to freeze
происходи́ть to occur, happen
пройти́ (пройду́, пройдёшь; *past* прошёл, прошла́, прошли́) *perf.* to walk (past), pass
пройти́сь (пройду́сь, пройдёшься; *past* прошёлся, прошла́сь, прошли́сь) *perf.* to walk, stroll
промелькну́ть *perf.* to flash, flash by
промо́лвить (промо́лвлю, промо́лвишь) *perf.* to say, utter
проноси́ть (проношу́, проно́сишь) *perf.* to wear for a certain period of time, wear out
проруби́ть (прорублю́, прору́бишь) *perf.* to hack through, cut through
про́рубь hole cut in the ice
просиде́ть (просижу́, просиди́шь) *perf.* to sit for a certain amount of time
проси́ть (прошу́, про́сишь)/**попроси́ть** to ask for
проси́ться (прошу́сь, про́сишься) to ask for permission (to do something)
прости́ть (прощу́, прости́шь) *perf.* to forgive, pardon
просто́й simple
просыпа́ться/просну́ться to come out of sleep, to awake
про́сьба request
протяну́ть *perf.* to extend, stretch out
проче́сть (прочту́, прочтёшь; *past* прочёл, прочла́, прочли́) *perf.* to read
прочь away, off
проща́й farewell!
проще́ние forgiveness (проси́ть проще́ния = to beg forgiveness)
пры́гать/пры́гнуть to jump, leap
пря́жа yarn
пря́мо straight, directly
пря́ник sweet, soft cake, often circular
прясть (пряду́, прядёшь; *past* прял, пряла́, пря́ли) to spin (cloth, yarn)
пря́таться (пря́чусь, пря́чешься)/ спря́таться *intrans.* to hide (oneself)

пти́ца bird
пуга́ться/испуга́ться to be frightened, scared
пузырёк (пузырька́) small container, bottle, vial, bubble, little bladder
puska̋й *colloq. part.* let (= **пусть**)
пусти́ть (пущу́, пу́стишь) *perf.* to let go, let in
пусти́ться (пущу́сь, пу́стишься) *perf.* to set off, race off
пусть *part.* let (прекра́сная короле́вна пусть е́дет на коне́ златогри́вом = let the beautiful princess ride the golden-maned horse)
путь (*gen.* пути́, *inst.* путём) *masc.* path, road
пу́ще *colloq.* more
пшени́ца wheat

Р

рабо́та work, job
рабо́тать/порабо́тать to work
рад (ра́да, ра́ды) happy
ра́доваться (ра́дуюсь, ра́дуешься)/ обра́доваться to be glad, happy
ра́дость happiness, joy
раз time (оди́н раз, два ра́за)
разбежа́ться (разбегу́сь, разбежи́шься) *perf.* to run at full speed, make a running approach
разбива́ть/разби́ть (разобью́, разобьёшь) to break (open)
разбива́ться/разби́ться (разобью́сь, разобьёшься) to break (open), be broken (open)
разбуди́ть (разбужу́, разбу́дишь) *perf.* to wake up (someone)
разверну́ть *perf.* unwrap
разгнева́ться *perf.* to become angry, fly into a rage (на + *acc.*)
разгова́ривать to converse with, speak with (с + *inst.*)
разгово́р conversation
разда́ть (разда́м, разда́шь, разда́ст, раздади́м, раздади́те, раздаду́т; *past* разда́л, раздала́, разда́ли) *perf.* to distribute, hand out
разду́мье thought, meditation

разлете́ться (разлечу́сь, разлети́шься) *perf.* to fly off in different directions
разлива́ться to overflow its banks (of a river), spill
разложи́ть (разложу́, разло́жишь) to lay out, distribute, build (a fire)
разлома́ть *perf.* to break open, break apart
разма́зать (разма́жу, разма́жешь) *perf.* to spread, smear
размета́ть (размечу́, разме́чешь) *perf.* to throw in different directions
размеша́ть *perf.* to stir, mix together
размы́кать *folk. perf.* to dispel, take your mind off of, forget (sadness, misery)
ра́зный different, various
разоде́тый dressed up
разорва́ть (разорву́, разорвёшь) *perf.* to tear, rip (into pieces)
разори́ть *perf.* to ruin, devastate, destroy
разосла́ть (разошлю́, разошлёшь) *perf.* to send out
разу́бранный *obs.* well dressed, decorated
разъяри́ть *perf.* to infuriate, enrage
рак crayfish
ра́но early
ра́ньше earlier, before
распева́ть to sing (loudly, happily)
расплеска́ться (расплещу́сь, расплещешься) *intrans. perf.* to spill (said of a liquid)
распозна́ть *perf.* to recognize, identify
распусти́ть (распущу́, распу́стишь) *perf.* to loosen, let out, spread
распу́тье crossroads
рассвета́ть/рассвести́ (рассветёт, *past* рассвело́) to dawn (each day as the sun is rising)
расска́зчик narrator
расска́зывать/рассказа́ть (расскажу́, расска́жешь) to tell, recount (a story)
расстава́ться (расстаю́сь, расстаёшься)/**расста́ться** (расста́нусь, расста́нешься) to part with (с + *inst.*)
расти́ (расту́, растёшь; *past* рос, росла́, росли́) to grow

растяну́ться (растяну́сь, растя́нешься) *perf.* to stretch out, extend
рвать (рву, рвёшь) to tear, tear up
ребя́точки *dim.* children
ре́чка *dim.* river
речь speech
реша́ть/реши́ть to decide
решётка grating, lattice, fence
реши́ться *perf.* to decide (to do something)
ро́вный exact, even
рог (*pl.* рога́) horn, antler
роди́ны *colloq. pl.* celebration of the birth of a child
роди́тель *masc. obs.* father
роди́тельский parent's, parents'
роди́ть (рожу́, роди́шь; *past* родила́) *perf.* to give birth to
родно́й native, birth
роль role
рот (рта) mouth
руба́шка shirt
руби́ть (рублю́, ру́бишь) to chop, cut
руга́ть to curse, swear at
рука́ (*acc.* ру́ку, *pl.* ру́ки) hand
рука́в (*pl.* рукава́) sleeve
рукоде́льница needlewoker
руса́лка mermaid
ры́ба fish
ры́ло snout
ры́царь *masc.* knight
ря́дом next to each other, nearby, next to (с + *inst.*)
ря́дышком *dim.* next to each other, nearby, next to (с + *inst.*) (= **ря́дом**)

С

с (+ *inst.*) with; (+ *gen.*) from (с тех пор = since then, from that time)
сад (*prep.* в саду́) garden
сади́ться (сажу́сь, сади́шься)/**сесть** (ся́ду, ся́дешь; *past* сел, се́ла, се́ли) to sit down
сажа́ть/посади́ть (посажу́, поса́дишь) to seat, put, plant
сам (сама́, само́, са́ми) himself, herself, itself, themselves
са́ни *pl.* sleigh, sled
сапо́г (сапога́) boot

сарафа́нчик *obs. dim.* woman's dress (prerevolutionary)
са́харный sugary, sugar-sweet
сбе́гать *perf.* to run to a place and return
сбро́сить (сбро́шу, сбро́сишь) *perf.* to throw off
сбру́я harness
сбры́знуть *perf.* to spray, sprinkle
сва́дебка *dim.* wedding
сва́дьба wedding
свари́ть (сварю́, сва́ришь) *perf.* to cook (soup, oatmeal)
све́жий fresh
свезти́ (свезу́, свезёшь; *past* свёз, свезла́, свезли́) *perf.* to carry, drive (to a certain place)
свёкла beets
сверх over, in addition to (+ *gen.*)
све́рху from above
свет light, world
свети́льня wick
свети́ться (свечу́сь, све́тишься) to light up, shine
све́тлый light, bright
свеча́ (*pl.* све́чи) candle
све́чка *dim.* candle
свинья́ pig
свире́пый fierce
сви́стнуть *perf.* to whistle
сво́дная сестра́ stepsister
свято́й holy
святы́ня holy object, holy place
сгрести́ (сгребу́, сгребёшь; *past* сгрёб, сгребла́, сгребли́) *perf.* to brush off, shovel off
сей (сия́, сие́, сии́) *obs.* this (= э́тот)
секре́т secret
се́лезень (се́лезня) *masc.* male duck, drake
село́ (*pl.* сёла) village
семья́ family
серде́чный of the heart, warmhearted, sincere
серди́тый angry
серди́ться (сержу́сь, се́рдишься)/ рассерди́ться to be angry (на + *acc.*)
се́рдце heart
серебро́ silver
середи́на middle
се́рый gray

сестра́ (*pl.* сёстры) sister
сесть (ся́ду, ся́дешь; *past* сел, се́ла) *perf.* to sit down (cf. сади́ться)
сжечь (сожгу́, сожжёшь; *past* сжёг, сожгла́, сожгли́) *perf.* to burn (cf. жечь)
сза́ди *adv.* from behind, behind; *prep.* (+ *gen.*) behind
сиде́ть (сижу́, сиди́шь) to sit
си́ла strength
си́льно strongly, very much
симпати́чный nice
си́ний dark blue
сия́ть to shine, glow
сказа́ть (скажу́, ска́жешь) *perf.* to say (cf. говори́ть)
ска́зка fairy tale
ска́зочный *adj.* fairy-tale
ска́зывать *folk.* to say (= говори́ть)
скака́ть (скачу́, ска́чешь) to jump, skip
ска́терть tablecloth
сквозь (+ *acc.*) through (motion)
ски́нуть *perf.* to throw off, take off
сконча́ться *perf.* to pass away, die
ско́ро soon
скрои́ть (скрою́, скрои́шь) *perf.* to cut fabric into pieces to sew something
скро́мный modest, humble
скры́ться (скро́юсь, скро́ешься) *perf.* to hide, disappear (скры́ться и́з виду = disappear from sight)
скупа́ться *obs. perf.* to go for a swim
скуча́ть to be bored; (по + *dat.*) to miss, yearn for
ску́чно boring
ску́шать *perf.* to eat up
сла́вный glorious
сла́дить (сла́жу, сла́дишь) *perf.* to handle, cope with, get along with (с + *inst.*)
сла́дкий sweet, tasty
след track, trail, trace
следи́ть (слежу́, следи́шь) to follow, keep an eye on (за + *inst.*)
сле́довать (сле́дую, сле́дуешь) to follow, come after (как сле́дует = properly, as one should)
сле́дующий next, the following
слеза́ (*pl.* слёзы) tear

слеза́ть/слезть (сле́зу, сле́зешь; *past* слез, сле́зла, сле́зли) to climb down from (с + *gen.*)
слёзно with tears, plaintively
слета́ть *perf.* to fly to a place and return
сли́ва plum
сли́шком too, excessively
сло́во (*pl.* слова́) word
сложи́ть *perf.* to lay together, fold up
слуга́ (*pl.* слу́ги) *masc.* servant
слу́жба service
случи́ться *perf.* to happen, take place (usually with negative connotation)
слу́шать/послу́шать to listen (to)
слу́шаться to heed, obey (+ *gen.*)
слыха́ть/услыха́ть (used only in past tense) to hear (= **слы́шать/услы́шать**)
слы́шать (слы́шу, слы́шишь)/ **услы́шать** to hear
смастери́ть *perf.* to make, build
смекну́ть *colloq. perf.* to catch on
сме́лый brave, courageous
смерка́ться to get dark (at end of day)
смерть death
сметь to dare
смея́ться (смею́сь, смеёшься) laugh, (над + *inst.*) to make fun of
смоло́ть (смелю́, сме́лешь) *perf.* to grind
смотре́ть (смотрю́, смо́тришь)/ **посмотре́ть** to watch, (на + *acc.*) to look at
снаряжа́ться to stock up on necessary things, equip oneself (+ *inst.*)
снача́ла first, first of all, at first
снима́ть/снять (сниму́, сни́мешь; *past* снял, сняла́, сня́ли) to take off, remove
собира́ть/собра́ть (соберу́, соберёшь; *past* собра́л, собрала́, собра́ли) to collect, gather
собира́ться/собра́ться (соберу́сь, соберёшься; *past* собра́лся, собрала́сь, собрали́сь) *intrans.* to gather, assemble, prepare
сове́т advice
совсе́м completely
согласи́ться (соглашу́сь, согласи́шься) *perf.* to agree
сокро́вище treasure
сокруша́ться to be very sad (о + *prep.*)
солёный salt, salted, salty
со́лнечный solar, sun's
со́лнце sun
со́лнышко *dim.* sun
со́лоно short form of солёный, salty, containing salt
соль salt
сон (сна) sleep, dream
со́нный sleeping, sleepy
сор trash, litter
соро́ка magpie
соро́чка shirt (= **руба́шка**)
сосе́д (*pl.* сосе́ди) neighbor
сослужи́ть (сослужу́, сослу́жишь) *perf.* to serve, do a service (+ *dat.*)
состаре́ться *perf.* to grow old
сотвори́ть *perf.* to create
сотка́ть (сотку́, соткёшь; *past* сотка́л, соткала́, сотка́ли) *perf.* to weave
спасти́ (спасу́, спасёшь; *past* спас, спасла́, спасли́) *perf.* to save, rescue
спать (сплю, спишь) to sleep
сперва́ *colloq.* first, at first
спина́ (*acc.* спи́ну, *pl.* спи́ны) back, spine
спи́ца knitting needle
спохвати́ться (спохвачу́сь, спохва́тишься) *perf. colloq.* to remember suddenly
спра́виться (спра́влюсь, спра́вишься) to deal with, cope with, handle (с + *inst.*)
справля́ть to cope with, take care of
спра́шивать/спроси́ть (спрошу́, спро́сишь) to ask
спры́снуть *perf.* to sprinkle
спуска́ть/спусти́ть (спущу́, спу́стишь) to lower, let down
спуска́ться/спусти́ться (спущу́сь, спу́стишься) to go down, descend, land
сравни́ть *perf.* to compare
срасти́сь (срасту́сь, срастёшься; *past* сро́сся, сросла́сь, сросли́сь) *perf.* to grow (back) together
среди́ (+ *gen.*) in the middle of, among
сре́дний middle
срыва́ть/сорва́ть (сорву́, сорвёшь) to tear off, pick (с + *gen.*)
ста́вить (ста́влю, ста́вишь)/**поста́вить** to place, put

стака́н glass (for drinking)
стан figure, build
станови́ться (становлю́сь, стано́вишься)/стать (ста́ну, ста́нешь) to become
стара́ться/постара́ться to try (+ *inf.*)
стари́к (старика́) old man
старичо́к (старичка́) *dim.* old man
ста́рость old age
стару́ха old woman
стару́шка *dim.* old woman
ста́рший older
ста́рый old
стать (ста́ну, ста́нешь) *perf.* to become, start, stand somewhere (ста́ло быть = consequently) (cf. станови́ться)
статья́ article (in a journal, newspaper)
стемне́ть *perf.* to get dark
стена́ (*acc.* сте́ну, *pl.* сте́ны) wall
стол (стола́) table
столб (столба́) post, pole, pillar
сторона́ (*acc.* сто́рону, *pl.* сто́роны) side, direction
стоя́ть (стою́, стои́шь) to stand
страна́ (*pl.* стра́ны) country
страх fear
стра́шный terrible, frightful
стращать to frighten, threaten
стрела́ (*pl.* стре́лы) arrow
стреля́ть/вы́стрелить to shoot, fire (в + *acc.*)
стро́ить/постро́ить to build
струна́ (*pl.* стру́ны) string (often on musical instruments)
стря́пать/состря́пать to cook
студёный very cold, freezing
стук knock, clatter
сту́па mortar (bowl)
ступа́ть to step, go
стуча́ть (стучу́, стучи́шь) to knock
сты́дно shameful (мне сты́дно = I am ashamed)
суди́ть (сужу́, су́дишь) to judge
судьба́ fate
сунду́к (сундука́) chest, trunk
супово́й *adj.* soup
супру́жество married life
сухо́й dry
схвати́ть (схвачу́, схва́тишь) *perf.* to grab, seize

сходи́ть (схожу́, схо́дишь) *perf.* to walk to a place and return
сце́на scene, stage
сча́стливо happily
счита́ть to consider, regard
сшива́ть to sew, sew together
съеда́ть/съесть (съем, съешь, съест, съеди́м, съеди́те, съедя́т; *past* съел, съе́ла, съе́ли) to eat up
съе́здить (съе́зжу, съе́здишь) *perf.* to make a trip to a place and return
сыгра́ть *perf.* to play, perform (cf. игра́ть)
сын (*pl.* сыновья́) son
сыно́к (сынка́) *dim.* son
сыро́й damp, raw
сыска́ть (сыщу́, сы́щешь) *perf.* to find
сюда́ here (directional)

Т

так in this manner, so, in that case (так же = in the same way)
тако́й such
тала́нтливый talented
там there
таре́лка plate
таска́ть to pull, drag, carry (multidirectional)
тащи́ть (тащу́, та́щишь) to pull, drag
те́ло body
темни́ца *obs.* dungeon, prison
темнота́ darkness
тёмный dark
тепло́ warm, warmth
тёплый warm
те́рем (*pl.* терема́) part of Russian houses where women were kept in seclusion
те́сно crowded, tight
те́сто dough
ти́хий quiet
тканьё weaving
това́р goods, merchandise
това́рищ comrade
тогда́ then, in that case
то́лстый thick, fat
то́лько only
то́нкий thin, fine
топо́р (топора́) ax

торго́вый trade, related to trade
торча́ть (торчу́, торчи́шь) to protrude, stick out
тоска́ melancholy, boredom
то́тчас immediately, right away
точи́ть (точу́, то́чишь)/**наточи́ть** to sharpen
то́чка dot, point (то́чка зре́ния = point of view)
то́шно *impers.* nauseating, sickening (мне то́шно = it sickens me)
трава́ grass
тра́вка grass, herb
тре́тий (тре́тья, тре́тье, тре́тьи) third
треща́ть (трещу́, трещи́шь) to crack, crackle
тро́гать/тро́нуть to touch
труд (труда́) labor, work
тру́дный difficult
трудолюби́вый hardworking
труп corpse, dead body
туда́ there (direction) (туда́ же = in the same direction, to the same place)
тужи́ть (тужу́, ту́жишь)/**потужи́ть** *colloq.* to grieve
тут here (= **здесь**)
тяжёлый heavy, difficult

У

у (+ *gen.*) by, near, at someone's house; indicates possession (у меня́ есть кни́га = I have a book)
убеди́ть (nonpast first person singular not used) *perf.* to persuade to, convince to
убежа́ть (убегу́, убежи́шь) *perf.* to run away, run off
убива́ть/уби́ть (убью́, убьёшь) to kill
убира́йся get lost! clear out of here!
уби́тый killed, murdered
убра́ться (уберу́сь, уберёшься; *past* убра́лся, убрала́сь, убрали́сь) *perf.* to clean up, tidy up
увезти́ (увезу́, увезёшь; *past* увёз, увезла́, увезли́) *perf.* to carry off
увида́ть *perf.* to see (= **уви́деть**)
уви́деть (уви́жу, уви́дишь) *perf.* to see (cf. **ви́деть**)

угова́ривать/уговори́ть to persuade, *imperf.* try to persuade
у́гол (угла́, *pl.* углы́) corner
у́голь (у́гля) *masc.* coal
угоща́ть/угости́ть (угощу́, угости́шь) to treat, (+ *inst.*) to treat someone to something
ударя́ть/уда́рить to strike, hit
ударя́ться/уда́риться to strike, hit (в, о + *acc.*)
уда́ться *perf.* to succeed (+ *dat.*)
уде́рживать/удержа́ть (удержу́, уде́ржишь) to hold back, restrain
удиви́ться (удивлю́сь, удиви́шься) *perf.* to be surprised
уе́хать (уе́ду, уе́дешь) *perf.* to ride off, away
уж already (= **уже́**)
у́жас horror
уже́ already
у́жин dinner
у́жинать/поу́жинать to eat dinner
узда́ (*pl.* у́зды) bridle
узна́ть *perf.* to find out, recognize
узо́р pattern, design
ука́зывать/указа́ть (укажу́, ука́жешь) to indicate, point out
укро́п dill
улета́ть/улете́ть (улечу́, улети́шь) to fly off, fly away
уле́чься (уля́гусь, уля́жешься; *past* улёгся, улегла́сь, улегли́сь) *perf.* to lie down (= **лечь**)
у́лица street
уложи́ть (уложу́, уло́жишь) *perf.* to lay down
ум (ума́) mind
уме́ть to know how (+ *inf.*)
умира́ть/умере́ть (умру́, умрёшь; *past* у́мер, умерла́, у́мерли) to die
у́мный smart, intelligent
умы́ться (умо́юсь, умо́ешься) *perf.* to wash up, wash hands and face
унести́ (унесу́, унесёшь; *past* унёс, унесла́, унесли́) *perf.* to carry away
уня́ть (уйму́, уймёшь; *past* уня́л, уняла́, уня́ли) *perf.* to quiet, calm, suppress
упа́сть (упаду́, упадёшь; *past* упа́л, упа́ла) *perf.* to fall down

управиться (управлюсь, управишься) *perf.* to handle, deal with (с + *inst.*)
управлять to govern, rule, manage (+ *inst.*)
уродиться to grow, be born
урок lesson
уронить (уроню, уронишь) *perf.* to drop
усесться (усядусь, усядешься; *past* уселся, уселась, уселись) *perf.* to sit down (comfortably or for a long time)
услуга favor, service
услышать (услышу, услышишь) *perf.* to hear (cf. **слышать**)
уснуть *perf.* to fall asleep
успевать/успеть to have time (to do something)
уста *obs. pl.* mouth
устать (устану, устанешь) *perf.* to get tired
утешать to console, comfort
утка duck
уточка *dim.* duck
утро morning
уха fish soup
ухватить (ухвачу, ухватишь) *perf.* to grab, seize; (за + *acc.*) to grab by
уцепиться (уцеплюсь, уцепишься) *perf.* to grab hold of (за + *acc.*)

Х

хвастливый boastful
хватиться *colloq. perf.* to miss, notice the absence of, start to look for
хвост (хвоста) tail
хитрость tricks, cunning
хитрый crafty, cunning, sly, wise
хлеб bread
хлебать to eat, gulp down
хлопотать (хлопочу, хлопочешь) to fuss about, make efforts to, try to see to it that something is done
ходить (хожу, ходишь) to go, walk (multidirectional)
хозяйка housewife, hostess
холод cold
холодный cold
холодочек (холодочка) *dim.* a cold/cool place

холостой unmarried (said of a man)
хорошеть to become prettier
хороший good
хотение wanting, wishing
хотеть (хочу, хочешь, хочет, хотим, хотите, хотят)/**захотеть** to want
хотеться (хочется)/**захотеться** to want, feel like (мне хочется = I feel like)
хоть although, at least, even if (хоть бы = if only, even if)
хотя although
храниться to be kept, stored
хрусталь *masc.* crystal
хрустальный crystal, crystal-like
хрустеть (хрущу, хрустишь) to crush
хрычовка old woman (usually with старая)
худеть to grow thinner
худо *obs.* harm, bad
художественный artistic (художественная литература = fiction)
худой bad, skinny

Ц

царевич tsarevich, tsar's son
царский tsar's
царство tsardom
царь (царя) *masc.* tsar
цвести (цвету, цветёшь; *past* цвёл, цвела, цвели) to bloom, blossom
цветок (*pl.* цветы) flower
цветочек (цветочка) *dim.* flower
целовать (целую, целуешь)/
  поцеловать to kiss
целый a whole, whole
цель goal
цена (*acc.* цену, *pl.* цены) price
цыплёнок (*pl.* цыплята) chick

Ч

чадо *obs.* child
чай *part.* apparently, probably
чайный *adj.* tea
частый frequent, dense
чашка cup
челнок shuttle (for weaving)
человеческий human
человечий (человечья, человечье, человечьи) human

черёд one's turn
че́рез (+ *acc.*) through
че́реп (*pl.* черепа́) skull
черносли́в prunes
черну́шка black grains (in rice, wheat)
чёрный black
честно́й *obs.* honored, respected
че́стный honest
честь honor
четвёртый fourth
че́тверть quarter, one-fourth
чи́стый clean, wide-open
что́ what, why, (unstressed) that
чтоб *colloq.* in order to, that
что́бы in order to, that (+ *inf.* or *past*)
чуде́сный miraculous, wonderful, marvelous
чу́диться *impers.* to seem (тебе́ чу́дится = it seems to you [of something improbable])
чу́дный wonderful, marvelous
чу́до (*pl.* чудеса́) miracle, wonder
чужо́й foreign, strange, someone else's
чула́нчик *dim.* place in a house used for storage
чуло́к (чулка́) stocking
чутьё instinct, feel, sense of smell (of an animal)

Ш

ша́пка hat, cap
шапчо́нка *dim.* hat
швея́ seamstress
шёл (шла, шло, шли) *past* of **идти́**
шерсть wool, fur
широ́кий wide, vast, grand
шить (шью, шьёшь)/**сшить** (сошью́, сошьёшь) to sew
шу́ба fur coat
шум noise
шуме́ть (шумлю́, шуми́шь) to make noise

Щ

щека́ (*pl.* щёки) cheek
щено́к (щенка́) puppy
щец *gen. pl.* of **щи**
щи *pl.* cabbage soup
щипа́ть (щиплю́, щи́плешь)/**ощипа́ть** to pluck
щипцы́ *pl.* tongs
щу́ка pike (fish)
щу́чий (щу́чья, щу́чье, щу́чьи) pike's

Э

э́так like this, in this way (так и э́так = this way and that)
э́тот (э́та, э́то, э́ти) this

Ю

ю́ноша *masc.* youth, young man

Я

я́блоко (*pl.* я́блоки) apple
я́блоня apple tree
я́блочко *dim.* apple
яви́ться (явлю́сь, я́вишься) *perf.* to appear, report (to someone)
яйцо́ (*pl.* я́йца) egg
яи́чко *dim.* egg
я́сный clear, bright